モトカレ検事は諦めない

再会したら前より愛されちゃってます

★

JN198160

ルネッタブックス

CONTENTS

Lunetta

第一章　汐見《しおみ》君は検察官

いつも通りに朝起きて、朝食を食べて家を出て、電車に揺られること四十分。

到着した会社の朝礼で、それは緩やかに告げられた。

「えー、日頃頑張ってくれている社員の皆さんに、こんなことを報告しなくてはならないのは大変心苦しいのですが、当社は近く廃業することが決定しました」

測量会社として半世紀以上の歴史がある弊社。創業者である父親の跡を継いだ現社長から発せられた言葉に、多分この場にいる社員全員が心の中で「は？」と訊《き》き返したに違いない。

「突然の発表で驚かせてしまい申し訳ない。私も悩みに悩んでこういう決断を下す決定をしました」

あまりのショックで社長の言葉が頭に入ってこない。私が困惑している間に社長からの本当に申し訳ない、という謝罪で朝礼は終わった。

私が呆然《ぼうぜん》としながら席に戻ると、経理担当の先輩社員が近づいてきた。先輩は勤続三十年を超える年配女性だ。

「つまり、経営があまり思わしくないのと社長が高齢なのと、後継者がいないってのが会社を畳むことにした理由ってわけね」

淡々と語る先輩は、社長の言葉がショックというわけでもなさそうだった。まるで、こうなることを予想していたかのように。

「先輩、あんまり驚いてなさそうですね。私、ショックでまだ頭の整理が追いつかないです……」

「そう？　だって経理をやってればうちの会社の財政状況なんかわかるし。それに、社長の息子が会社継がなかった時点でこうなるのは予想できたもの。最近の社長、なんか暗かったしねえ……ずっと悩んでたんじゃないかな」

確かに、言われてみればこのところの社長はどこか暗かった。八十歳近い高齢ということもあり、体調でも悪いのかなと思ったりもしたが、そうではなかったということか。

先輩が小さくため息をつく。

「遅かれ早かれ、こうなるのは仕方なかったのかもね。いきなり倒産されて給料も出ないよりずっといいわよ」

確かにそうかもしれないけれど。そんな簡単に割り切れない。

先輩が見ているのも構わずに、思いっきりデスクに突っ伏した。

「廃業かぁ……。また仕事を探さないといけないのか……」

結構余裕があるように見える先輩と違い、こっちは失職予告が衝撃すぎて、まだ立ち直れない。

廃業する期日までの間に、社員は今後の身の振り方を考えなければいけない。技術職の社員はうちと付き合いのある会社に移る人もいるらしいし、別の業種に転職する人もいるそうだ。

先輩はというと、長年正社員で頑張ってきたので、ここで正社員は辞めてどこかでパート勤務でもするという。

「日沖《ひおき》さんはどうするの？　同じような業種で正社員になれるとこを探すのかな？」

「そ……そうですね……」

と、言ってみたものの。

私、日沖衣奈《えな》——二十九歳——は、新卒で就職した会社を二十六のときに退職、その後今の仕事に就いて三年目。どちらの会社でも総務を担当していたこともあり、今のところ持っている資格は簿記くらい。

——それ以外に特別なスキルがない私が、果たしてすんなり新しい仕事に就けるものだろうか。

先のことを思うと不安しかない。お陰で今日は仕事が全然進まなかった。

定時で会社を上がり、自宅に戻った私は耐えきれず友人に電話して今の状況を話した。大学時代からの友人である美咲《みさき》は、私がもうじき失職すると告げた途端、電話口で大きな声を上げた。

『えっ!! うそ!!』

「嘘《うそ》じゃないよ〜〜。だから今、激凹《へこ》み中……どうしよう。また転職活動するかと思うともう、憂鬱で……」

『あー、そういや前の転職活動の時もそんなこと言ってたよね』

ここは一人暮らしをしている私の部屋の中。見ている人はいないのに、条件反射で深々頷《うなず》いてしまう。

「学生時代の就活のトラウマで、面接がめちゃくちゃ苦手なんだよ……またあれをやるのかと思うと、怖くって……」

そう、あれは大学四年のときのこと。就職活動で何社にもエントリーシートを提出し、運良く面接まで進むことができたとある企業との一次面接。事前準備もしっかりして臨んだのに、かなりの圧迫面接だったおかげで萎縮してしまい、考えていたことがなにも言えずに終わってしまった。

今では圧迫面接する企業も少なくなったようだけど、それでも当時のトラウマはしっかり残っている。そのせいで、未《いま》だに面接が苦手だという事実に変わりはないのだ。

『今はどこも人手が足りないっていうし、圧迫面接してくるところなんかきっとないって！　大丈夫だよ！』

「だといいんだけどなあ……」

美咲が励ましてくれるのは嬉《うれ》しいけれど、そう簡単に気分は上がらない。通話をスピーカーに変えてスマホをテーブルに置いた私は、冷蔵庫から冷えたビールを取り出し、飲みながらの会話に切り替えた。

『んじゃーさ、今度衣奈を励ます会ってことで飲みに行こ！　他にも何人か声かけるからさ、気分転換にぱーっといこうよ』

「ぱーっとって……ありがたいけど、今あんまり乗り気じゃないなあ……」

『そこをなんとか。もちろんおごるから!!』

美咲が私を励ましてくれているのはわかる。でも、次の仕事も決まっていないのにそう簡単に気分が上がるわけがなかった。

でも、彼女の気遣いは嬉しい。やっぱりこういうとき、持つべきものは友だな。

——まあ、落ち込んでばかりいてもどうにもならないし。ここは美咲の好意に甘えようかな～

じわりと広がる喜びを胸に、美咲にお礼を言い、飲み会の約束をして通話を終えた。会話の余韻に浸りながらビールの缶を持つと、自然とため息が漏れた。

「しかし、まいったなあ……」

ぐるりと部屋を見回す。今私が住んでいるのは、一年前に今の会社に近いという理由で借りたワンルームのアパート。築年数がまあまあ経《た》っていることもあり、この辺りの相場からはだいぶ安い金額で借りることができている。

一年しか住んでいないのでまだ引っ越しはしたくない。となると、ここから通える範囲内で仕事を見つけなければいけない。

——まったくもう……私ってほんと、仕事運ないよね……

そもそも大学時代の就活もあまり満足のいくものではなかった。

圧迫面接をしてきたのは件《くだん》の一社だけだったけれど、希望する企業には全く見向きもされず書類選考や一次面接で落とされた。その後内定を一つももらえなくてめちゃくちゃ焦っていた時期に応募した企業からようやく内定をもらい、その会社に入社することを決めた。

胃が痛い就活を終えたことにすっかり安堵《あんど》していた私だが、今度は入社した会社でまた壁にぶち当たった。

そこは立ち上げから五年すら経たないというイベント企画会社。二十代の社長を中心とした社内は社員も若く、服装も髪型も自由で勤務時間も完全フレックス。中にはリモートが中心でほぼ出社しないという社員も数名いたくらいで、時代の最先端をいく働き方をモットーとした会社だった。

会社説明会で目新しさに惹《ひ》かれ興味を持ち志願したけれど、入社してみるとあまりにも自由すぎて先行きに不安を覚える毎日だった。

それでもすぐに辞める決断もできず、なんだかんだで三年勤務した。でもやっぱりこの会社は自分と合わないという答えが出てしまい、退職。今の勤務先はたまたま欠員が出たことにより求人が出ていたので、運良くそこに滑り込むことができた。

給料は私くらいの年齢の人がもらう平均額より低かったけれど、明らかに前よりは居心地がよかった。そんな今の会社を結構気に入っていたのに、こんなことになるとは。

——ついてない。私ってとことんついてない……

かといってここで嘆いていても仕方ない。今の勤め先が廃業する前に、なんとか次の仕事を見つけなければ。

気持ちに折り合いを付けながら、残っていたビールを一気に呷《あお》った。

仕事の合間にスマホやパソコンで求人情報を眺める日々が続くなか、美咲がセッティングしてくれた飲み会の当日となった。

仕事を終えた私は、私と美咲の住まいから一番近いターミナル駅の近くのビルにある、海鮮居酒屋に向かった。

飲食店が多数入る商業ビルの二階にあるその居酒屋は、フロアが広く席数も多い。これまでにも何回か利用したが、開店して一時間も経過するとフロアの半分が会社帰りの人達《たち》で埋まるような人気店だ。その理由は海鮮の美味《おい》しさにある。

豊洲市場《とよすしじょう》から毎朝運んでいる新鮮な魚介類をはじめ、女性が好みそうな創作料理も多いので、女性客も多い。実際、私が店に到着し、フロアを見回したら半数は女性のお客さんだった。

——うわ、結構埋まってるし……さすが人気店。

美咲の名前で予約をしていることを店員さんに伝えると、予約席まで案内してくれた。

「こちらですー、どうぞ」

カーテン代わりの暖簾《のれん》が掛かっている席の前に案内され、こんばんは、と暖簾をくぐる。

すると、目の前に現れた顔ぶれに、息を呑《の》んだ。

「えっ……エッちゃんに由香《ゆか》‼　それにかなみも……‼」

周りからの視線を遮断するかのようにカーテンと壁で区切られた六人掛けの席で、私は懐かしい面々と再会した。

「お〜‼　衣奈、久しぶり‼」

全員、同じ大学のクラスメイト。卒業してからも交流はあるが、ここ数年はお互いに忙しくてほとんど会っていなかった。

「で、なに。衣奈、転職活動中なんだって？」

久しぶりに会った友人達とハイタッチしていると、いきなりエッちゃんこと越美《えつみ》に核心を突かれて、ちょっと気分が下がった。

「いきなりそれかい……」

がっくりくる私に、美咲が「やべっ」と声を上げる。

「落ち込まない落ち込まない！　今日はそんな衣奈を元気づけるための飲み会なんだからさあ～～テンション上げてこ!!」

「そ、そうだよね。いちいち凹んでたら場の空気悪くなっちゃうもんね。今夜はネガティブにならないよう気をつけるわ……」

気を取り直して久しぶりに会った友人達との歓談を楽しむことにした。

友人達は職種がバラバラ。越美はエステティシャン、かなみは老舗の喫茶店をご両親と経営、由香は海外留学後に外資系のホテルに勤務中。ここを予約してくれた美咲は、近くの区役所に勤務する公務員である。

それぞれの近況を聞くと、もちろん忙しいし苦労も山ほどある。でも、やりがいのある仕事に就いていることが今の私からすればすごく羨ましく見えた。

「皆バリバリ働いてるなあ……」

はあ……とため息をつきながらビールを呷る。ついでにさっき運ばれてきた刺身の盛り合わせに箸を伸ばす。

さすが人気な店だけあって、サーモンもマグロもカンパチもどれも新鮮で美味しかった。ご飯の上に刺身をたっぷり載せ、海鮮丼で食べたいくらいだ。

「衣奈だって今はバリバリ働いてるじゃないの。それに、今ってどこも人手不足だから、すぐに仕事見つかると思うけどなー。かくいううちも人手不足なの。よかったらうちで働いてみない？」

思いがけないところからスカウトが来た。

越美が働いているのは脱毛と痩身をメインにした女性専用サロン。大学時代から本人もよくエステ通いしていたけれど、まさかそれを本職にするとは思わなかったので、聞いたときは驚いたっけ。

「いやいや、私は技術がないから!!　越美、昔っから自分もエステ通ってたし、ものすごく勉強してたじゃない。確か越美の部屋に泊まりに行ったとき、フェイシャルの練習台になったことあるよ。すっごく上手だった」

そう、まだ素人だった越美の施術を受けたことがあるが、施術中うっかり寝落ちそうになるほど彼女はゴッドハンドだった。肌を滑る指の感触と、たまにグッと指で圧迫してくる場所が見事に気持ちよくて、もうどうにでもしてくれという境地に陥った。

次の日のお肌も艶々だったし、彼女のような技術を身に付けるのにどれくらいかかるか。今の私じゃ戦力になるのにどれほどの修行を積まねばならんのか。全く見当もつかない。

しかしこのあと。なぜかこぞって皆から続々とスカウトされることになった。

「じゃ、うちのホテルはどう？　万年人募集してるよ‼　レストランのホール係もルーム係もフロントも‼」

「いや、由香んとこって皆英語べらべらじゃん……無理よ」

一度由香に誘われて、彼女の勤務先ホテルのアフタヌーンティーに行ったことがある。そのときに見た外国人のお客様に話しかけられても、全く動じることなく流ちょうな外国語を話すスタッフに度肝を抜かれた。ああいうのを見てしまうと、全く語学に自信のない私は軽い気持ちでバイトの面接なんか行けない。

「ルーム係は英語できなくてもＯＫよ～」

「と言われてもね～」

するとすかさずかなみが挙手。

「それならうちで働くのはどう？　今ちょうどスタッフが足りてなくて、求人も出してるのよ」

かなみのご実家が経営する喫茶店は彼女の祖父母が始め、かなみで三代目。豆にこだわったコーヒーとじっくり焼き上げたホットケーキ、自家製プリンなどが人気の老舗喫茶店である。

休日には最高に美味しいホットケーキを求め、開店と同時に行列ができるくらい、地元で愛される有名店なのである。

「かなみのところも人手足りてないんだ、意外」

「長く働いてくれてた人がこの前辞めちゃってさ。その人七十歳で、そろそろ立ち仕事が辛くて無理だって。そう言われちゃうとねー、引き留められないよね」

「な、七十……すごい……」

そんなベテランの後など私に務まるだろうか。まあ、それを言ってしまったら、どんな仕事も最初は全く戦力になりえないんだけど。

三人の話を聞いていた美咲は、たこの唐揚げを食べながらふーん、と深々頷いていた。

「本当にどこも人手不足なんだなあ……」

「区役所は求人出してないの？」

私からの質問に、美咲が小さく首を横に振った。

「そんなことないよ。短期のバイトとかパートさんはいつも募集してる」

「だよね～」

とりあえず、皆からのスカウトは素直にありがたい。いい機会なのでじっくり考えさせてもらうことにした。それと同時にどの業界も人手を求めていることを知り、気持ちがだいぶ楽になった。これならいい仕事が見つかるかもしれない。

——今日、ここに来てよかった。飲み会を計画してくれた美咲に、あとでお礼言わなくちゃなー。

仕事の話が一段落すると、今度は皆の私生活に関する話になった。

女子が好きなヤツだ。

こうなると途端に場の雰囲気が華やかになる。

「うっそ。エッちゃん結婚決まったんだ？」

私が驚くと、越美がへへ〜、と今日イチの笑顔を見せた。

「そうなの。実は高校時代の同級生と二年前に同級会で再会してね。そこで意気投合して、そのままそういう流れになって、今に至るという。ほらこれ。先週もらったばっかなんだ」

すすす、と皆に手を見せる越美の指には、キラキラ輝く指輪が光っていた。その瞬間、全員が前のめりになってその指輪を凝視する。

細かいダイヤがちりばめられたリングは、おそらくパヴェリングというもの。

「うっわ、綺麗《きれい》……!!　光が眩《まぶ》しいわ」

かなみが息を呑む。その様子を眺めていた私も、ため息しか出ない。

「結婚指輪だけでいいよって言ったんだけど、なんか向こうが婚約の証《あかし》みたいなものだからって。もらったときはびっくりしたけど、やっぱり嬉しかったな」

「そっか……結婚……」

私の周りで結婚した友人が誰もいないわけじゃない。でも、こうして直接相手から結婚報告を聞くと、感慨深いというか、羨ましいというか……。私の中でいろんな感情が生まれて、ぐるぐると胸の辺りを駆け巡っている。

こういうシチュエーションになると、決まって一人の男性が頭に浮かんでくる。

大学時代に友人には内緒で付き合っていたあの人のことだ。

――そういや、もう会わなくなってからだいぶ経ったなあ……。元気かな。もう二十九だし、結婚しててもおかしくないんだけど。

その人の姿をぼんやり思い浮かべていると、急に越美と目が合った。

「そういう衣奈はどうなの？　これまでに結婚したいような人と巡り合った？」

越美に言われた「これまでに」という単語にビクッとなってしまった私は、一瞬だけ頭が真っ白になって返事に間が空《あ》いてしまう。

「……や、どうだっけかな……いたような、いなかったような……」

事情があって友人達に彼と付き合っていたことは秘密にしている。よって、ここはとぼけるしかない。

「なにそれ。衣奈って、大学出てから付き合った人いなかったっけ？」

「うーん……前の職場でご飯食べに行くような男性はいたけど、今の職場になってからはいないかな～。なんとなくそういう雰囲気にならなくて。今の会社の同僚男性って、年上で既婚者多いし」

「そっか～。既婚者が多いとそういう機会はないよねえ……かなみは？」

越美からの追求が止《や》み、内心大きくため息をつく。あぶないあぶない。

今度は越美に話を振られたかなみが、「私？」と笑顔になる。

「私は実家のお隣さんで幼なじみの子ともう付き合って五年よ～。そろそろ結婚はしたいかなって思ってるけど、向こうが今転勤でこっちにいないから、戻り次第かな？」

「由香は？」

私が話を振る。静かにビールを飲んでた由香が、んふふ。と意味ありげに微笑《ほほえ》んだ。

「上司と秘密の社内恋愛中～」

社内恋愛はいいけれど、秘密の、という単語が気になる。

「まじで。それじゃますます求人に応募しにくいわ」

「なんで。いいじゃん、うちに来なよ」

「秘密知っちゃったからやだよ……」

残るのは美咲だが、彼女はつい先日一年付き合った彼氏と別れたところだ。

――この流れで美咲、どうするのかな。じ、自分で言うのかな……

なんて心配していたら、彼女はそのことをあっさり自分でバラした。

「私この前別れたばっかりだからなー。しばらく男はいいや」

美咲は女の目から見てすごく魅力的な女性である。外見が十人並みの私とは違い、誰もが羨むさらさらヘアに、くりっとした大きな眼《め》。スタイルもよく、学生時代から男性にモテていた。いわゆるモテ女子だ。

だけど当の美咲は恋愛に対しての考え方が結構さっぱりしていて、彼女自身が惚《ほ》れた相手でないと付き合ったりはしない。

先日別れた相手は、職場の同僚で結婚まで考えた相手ではあったらしい。でも、相手の親がなかなか癖のある人で、結婚して家族になったときのことを考えたとき。絶対自分はこの人とうまくやれないと判断し、別れることを決断したそうだ。

その話をここでもした美咲に、他の三人からは「さすが美咲……」と感嘆のため息が漏れた。

「感情に流されずに常に冷静なところ、見習いたいわ……」

「美咲の仕事ぶりが垣間《かいま》見えた気がする……いつも冷静な区役所職員って感じ……」

まず越美、そしてかなみに言われた美咲が胸を張る。

「あたりまえじゃない。結婚してから苦労するのなんか絶対いやだもーん」

おどけるように笑う美咲に皆で笑う。

「私、お手洗い行ってくる」

きりのいいところで席を立った。店のお手洗いは広く、個室が多い。鏡で自分の顔が赤くなっていないかをチェックし、軽く化粧を直してからお手洗いを出て自分の席に戻ろうとした。

そのときちょうど今店に入ってきたらしき男性数名が、店員さんに誘導されながら席に移動しているところに遭遇した。邪魔にならないよう通路の端っこに移動し、男性達が通り過ぎるのを待っていた。

しかし、その男性数名の中の一人が、通路の途中でピタリと足を止め、動こうとしない。

——ん？　なんで動かないの？

どうしてなのかを確認したくて、その男性の顔をチラ見しようとした。しかし、なぜか向こうが先に声をかけてきた。

「衣奈？」

なんで私の名前？　と驚いて声の主を見つめる。

目の前に立っているのは、きちんと細身のスーツを着こなした美男子だった。百五十五センチほどの私が見上げてしまうほどの高身長である男性の顔は、ぱっと見た感じ見覚えがない。真っ黒い髪を綺麗に整え額を露《あら》わにした短い髪は、清潔感で溢《あふ》れている。キリッとした眉は整えていないようだけど、形がいい。その下にある眼もまた、綺麗なアーモンドアイ。全てのパーツが整っていて、バランスよく配置された顔は、しばし見とれてしまうほどの美しさがある。

私が固まっていると、その男性の顔に焦りが浮かぶ。

「あれ。わかんないかな。そうか、あれから結構経ってるしな……」

でも、数秒見つめているうちに、もしや……という考えが浮かんでくる。

しかも、さっきこの人は私を衣奈と名前で呼んだ。これまでに私を名前で呼ぶような間柄の男性なんて、家族以外で一人しか存在しない。と、いうことは……

「……汐見《しおみ》君……？」

恐る恐る、思い当たる名を口にした。それは、大学時代に数ヶ月付き合っていた、別の大学に通う同じ年の男性の名前だ。彼の名は汐見響《ひびき》。

名前を口にした途端、相手の顔がわかりやすく綻んだ。

やっぱりそうだ、当たりだ。スーツだし、髪型が違うからすぐにわからなかった。

「うん。やっぱり衣奈だ。久しぶりだね」

「汐見君こそ……。……あ、ていうか……会社の人と一緒だよね？　私のことはいいから、もう戻った方が……」

こういうとき、場の空気を読む癖がある私としては、彼が上司と一緒に来ていることを想定してそっちに気がいってしまう。

でも、汐見君にここから去る気配は、ない。

「いや、大丈夫。まだ全員集まってないし。それにまだ衣奈と喋《しゃべ》りたいな。今どうしてるの？　この店にいるってことは、住んでる場所も近いの？」

背の高い汐見君が、私の顔を覗《のぞ》き込《こ》んでくる。周囲の音が大きいせいで、こうでもしないと身長差のある私の声が聞き取れないのかもしれない。

「ここからはちょっと離れてるけど、まあ……通勤圏内かな」

「そっか。実は俺、こっちに戻ってくるの久しぶりで。この店に来るのは初めてなんだ。職場の先輩に連れてきてもらってさ……俺の着任祝いで」

「へ……？　久しぶり？　着任……？」

これらのヒントから彼の職業を連想するのは少々難しい。ただ、別れる前、彼が難関試験を受けていたことだけは覚えていた。

それは、司法試験だ。

「あ、そっか。予備試験を受けてからは会ってないもんね。俺、今検察官なんだ」

「え？　け、検察官……って、あの……？」

ジャケットの胸元を見れば、確かにそれっぽいバッジが光っている。詳しくは知らないけれど、昔見た検察官のドラマでも検事さんはこういうバッジを付けていたような気がする。

つまり、汐見君は検事ということか。

「そうそう。最初は弁護士志望だったんだけど、司法修習生のときに受けた研修で検察志望に変更したんだ。検察官って新任は皆地方にとばされるから、俺も一年や二年単位でずっと地方の検察にいてさ。今年の春からこっちに戻ってきたの」

「そう、なんだ……。なんかすごいな。ちゃんと夢叶《かな》えたんだね……」

目の前にいる人から後光が差しているようで、なんだか眩しく見える。

確かにこの人は、昔からすごかった。

彼が所属していた大学は日本最高学府だった。それだけでもすごかったのに、学生のうちからしっかり目標を持って勉強して、しかも学費は自分でバイトしながら稼ぎつつ、大学在学中に司法試験の予備試験を受けて一発で受かっちゃうんだから、すごすぎて。

そんな彼の隣にいると、いかに自分が平凡であるかをまざまざと見せつけられた。目標もなく、就職活動もうまくいかない自分と彼じゃとても釣り合わない。一緒にいることがきつくなってきて、彼の隣から逃げるように別れを告げた。

数年経っているからまだいいけれど、あの頃こうしてばったり会ったら、ここまで冷静に話なんかできなかったかも。あの頃は、自分から別れてくれとお願いしたことが本当に申し訳なくて、彼の顔を見ることすらきつかったから。

——時間の経過って不思議だな。あの頃感じた劣等感は、今それほど感じないや。

「衣奈は？　今はなにしてるの？」

ある意味、時期的に一番キツい質問がきた。

「えーっと………普通に、会社員です」

「どういう仕事してるの？」

掘り下げられて、心の中でうっ、と唸《うな》る。

「まあ、普通に総務……事務だよ」

当たり障りない返答をして、相手の言葉を待つ。

「そっか。でも、本当に……衣奈に会えて嬉しいよ。今はどの席で飲んでるの？」

「ん？　えーと……あの辺？」

適当に席の辺りを指さした。それに伴い、汐見君の視線もそっちに移動する。

「女子だけで飲んでるの？」

「うん」

素直に頷くと、なぜか汐見君は安心したように微笑んだ。

「そうなんだ。いいね、女子会。楽しそう」

「うん、楽しいよ。久しぶりに大学時代の仲間が集まってね。今盛り上がってるところ」

「へえ……。じゃあ、今度は俺と思い出語らない？　二人で」

汐見君はにこっと笑うと、胸ポケットから出したメモに、これまた胸ポケットに刺さっていたペンでさらさらとなにかを記す。それを破って、私にくれた。

「俺の連絡先。もらってくれないかな」

「えっ……」

番号が記された紙を持ったまま、固まってしまう。

これってどういうこと。またこの人と繋《つな》がっちゃうの？

「衣奈の連絡先も知りたいんだけど。だめかな」

「だっ!?　だ……だめ、ではないけど……」

「あ、番号わかんない？　じゃ、俺、衣奈達の席まで行こうか？」

こう言って、あろうことか私達の席に向かって汐見君が歩き出そうとする。それに対して激しく慌てた結果、もう逃げられなかった。

「わっ、わかった。わかりました!!　教えます……」

私に背を向けた汐見君のジャケットを掴《つか》み、観念する。その途端、汐見君が満面の笑みでこちらを振り返った。

「ありがとう。じゃ、今度ご飯行こう。電話するよ」

連絡先を書いたメモを渡すと、長く引き留めてごめん、と謝られた。その汐見君が、爽やかに片手を挙げて去って行く。

数年ぶりに再会した、かつて愛した男性の背中を見てから席に戻ると、全員から、

「遅かったね。お腹《なか》壊した？」

と心配されていた。

違うと言えば汐見君のことを話さなければいけなくなる。よって、この場で私はお腹を壊したことになり、このあとお酒を飲むことを禁じられたのだった。

でも今、私にとってお酒が飲めないことなどたいしたことじゃない。

それよりも、さっきから汐見君のことが頭から離れてくれなくて、バッグに突っ込んだメモが気になって仕方なかった。

なぜなら、これまでの人生で唯一結婚を考えた相手が汐見君だからだ。

第二章　汐見君との思い出と約束

汐見響君との出会いは、私が大学二年生のとき。

通っていた大学から近い場所にある、中高生を対象にした学習塾でバイトを始めたのがきっかけだった。

といっても私は塾講師ではなく、受付のバイト。入塾の受付や電話対応、各種講習の申し込みの受付などが私の主な仕事。

対して最高学府に所属する汐見君は同時期に同じ塾で講師のバイトをしていた。ざっくり言えば、同じ塾に勤務するバイト仲間だった。

バイトを始めてすぐ、あの人はあの大学なんだよと他の人に教えられたのがきっかけで汐見君を知った。

全教科に対応できて、人当たりもいい。生徒さんからも人気のバイト講師の汐見君。バイトを始めてからしばらくの間、彼とは挨拶する程度で、特別仲良くはなかった。

最初は頭もよくて顔もいい汐見君を、自分とはあまりにも違う人間ゆえに遠巻きに見ていた。

でも、意外なことに向こうから声をかけてくれた。

『今度よかったらご飯食べに行かない？』

てっきりバイト仲間皆で行くのかと思い、あっさり承諾したらまさかの二人きりで。それを知った私は激しく動揺したけれど、汐見君が庶民的な餃子《ギョーザ》店に連れて行ってくれたお陰もあって、二人での食事をとても楽しむことができた。

頭の回転が速い汐見君との会話は楽で、彼は私に気を遣わせないようにいつも気配りしてくれた。

時々それが相手に申し訳ないような気がして、それとなく訊《たず》ねたことがあった。でも、汐見君はこう言った。

『日沖さんと話せるだけで楽しいし嬉しいから、そういうのあんまり気にしたことなかったな』

イケメンの男性にこんなこと言われたら、誰だって相手を意識するし、場合によっては好きになってしまう。もちろん私も例に漏れず、彼のことが好きになった。

そして一緒にいることが増えた私達は、汐見君からの告白もあり付き合うことになった。これが初めての交際だった私は、汐見君と経験する全てが初めてだった。デートも、セックスも。

——思い出すと甘酸っぱいというか、恥ずかしい……

飲み会の後、友人達と別れて帰路に就きながら、汐見君との過去を思い出していた。

ほんのり残るアルコールと、過去に好きだった相手との再会もあって、私はどこか地に足がつかない、ほわっとした状態で電車に揺られていた。

汐見君と初めて結ばれたのは彼の実家の部屋だった。

実家に来ない？　と言われたときは怯《ひる》んだが、話を聞くと当時の彼のご両親は地方の大学の教授をしており、週末しか帰ってこないのだという。そして彼の兄も、海外の大学に留学していて家にはいない。

それを知って安堵すると共に、もしや……と若干の期待を込めて彼の部屋に行くと、案の定そういう流れになった。

『衣奈、初めて？』

『うん……』

『そっか、俺も』

私が未経験だと知ると、汐見君の顔には安堵が広がった。私も彼がまだそういった経験がないと知って気が楽になり、ここから先は全てを彼に預けよう……と。そんな気持ちで彼と抱き合った。

事前に経験済みの友人達から「とにかく痛い」「気持ちいいとかよくわかんなくて、早く終わらないかなって思ってた」などという体験談を聞かされていた。しかし、その体験談は私と汐見君とのセックスには、全く当てはまらなかった。

キスや前戯でしっかり気分を高めたあと、その瞬間はやってきた。昂《たか》ぶりが頂点に達した汐見君のアレが想像以上に大きくて怯《ひる》みはしたものの、いざ迎え入れると思っていたほどの激痛ではなかった。もちろん少々の痛みはあった。でも、それを我慢しているうちに痛みではない別の感覚がせり上がってきて、これがセックス……！　と興奮しているうちにことを終えた。

他の人との経験がないから汐見君が実際上手だったのか、というのはわからないまま。だけど、彼に抱きしめられると幸せが溢れ、ずっとこの時間が続けばいいのに、とすら思えた。

初体験を終えて以降、数回彼と体を重ねた。何度目かのセックスで絶頂を迎えるという経験もできて、幸せってこういうことなのかな、と思える日々が続いた。

彼は本当に優しかった。私のことを汐見君以上に愛してくれる人など、この世にはいないのでは？　とすら思えるほどに、彼の優しさに溺れていた気がする。

毎日が幸せで充実していた。汐見君が好きだった。将来的に結婚するなら汐見君しか考えられない。だからこれからも、この生活がずっと続くと思っていた。

でも、私の就職活動があまりうまくいかなかったことと、彼が大学在学中に司法試験の予備試験を受けると知った辺りから少しずつ歯車が狂っていったように思う。

就活がうまくいかない私は愚痴っぽくなった。汐見君はそれを嫌な顔一つせず聞いてくれたけれど、このあと大事な試験を控えているこの人に、こんなことを言っていいのか不安になった。

私がしていることは、彼にとって迷惑でしかないのでは。

相手のことが好きだったからこそ、迷惑をかけたくない。面倒な女だと思われたくない。

こんなことばかり考えるようになってしまい、感情がコントロールできなくなりそうになった私は、彼が予備試験を受ける前に別れを告げた。

『別れたいの』

決死の思いで打ち明けた私の気持ちを、彼はすぐに受け止めてはくれなかった。

『俺は別れたくない』

何度もこう言って引き留められた。結局数回話し合いをして、このままだと私が辛いからと説明をした結果、ようやく汐見君が折れてくれた。

『わかった。衣奈が辛いなら……別れよう』

切り出したのは自分なのに、汐見君の辛そうな顔を見ていたらこっちまで辛くなった。でもこれで相手に迷惑をかけずにすむ。

そう自分に言い聞かせて、まずは就活に集中した。そのあと汐見君の予備試験があり、その後彼から一度でいいから会ってくれないかと連絡をもらった。

気は進まなかった。でも、一度だけならと彼に会うことを決めた。

『多分、俺受かってると思う。衣奈が気を遣ってくれなくたって、俺は大丈夫だよ。それでもやり直せない？』

まだ合格発表前だというのに、受かってる自信があるんだ。すごいな。と思ったのは覚えてる。

でも、まだ就活真っ最中だった私は、そんなすごい汐見君と付き合う自信をなくしていた。だからやっぱり無理だと伝えて以来、私達はそれきりだった。

その後、塾講師をしていた人とばったり駅で遭遇し、汐見君が予備試験に受かったことを聞いた。それを聞いたときは、汐見君は弁護士になるんだとばっかり思っていた。

――そもそも大学が違ったし。バイトも変えちゃったからなあ……

付き合っているときは汐見君のスペックがすごすぎて友人達に話せず、別れたあとは話したら絶対勿体《もったい》ない、やり直せと言われそうで、結局誰にも話せなかった。

だからあの居酒屋で汐見君と友人達を会わせるわけにはいかなかった。多分全員にやり直せ!!って突っ込まれていたと思う。

それだけ、汐見君は私から見たらすごい人だった。もちろん今でもすごいけど。

過去のことを思い出しながら帰宅した私は、部屋の真ん中に置かれた小さいテーブルに何気なく載せた紙を見つめ、ため息をついた。

「まさか検察官になってるとは……」

司法試験と聞いて、真っ先に頭に浮かぶのは、やっぱり弁護士。でも、調べてみると司法試験の合格者が約千五百人くらいいたら、検察官として任官されるのはそのうちの四パーセント程度。難関の司法試験を通った猛者《もさ》の中でも、検察官というのは一握りの人しか採用されない難関中の難関だ。

それを知って、思わず天を仰いだ。

——ちょ……汐見君、どんだけすごいの。もう私とは住む世界が違いすぎるとしか……

彼ならもっと素晴らしい女性と知り合う機会も多いはず。なのに、なんでまた私と連絡先を交換なんかしたんだろう。そこが全く謎である。

久しぶりだから、ただ話がしたかっただけなのか。それとも、今自分は幸せでやってるから、私にも幸せになっていてほしいと願っていて、それを伝えたかったとか？

「あの人だったら言いそうだなあ……」

汐見君はとにかく真面目で優しい人だった。

一緒に街中を歩いているとき、たくさんの荷物を持ったご老人が駅の階段を上っていたりすると、自ら率先して動いてその荷物を持ち階段の上まで運んであげちゃうような。しかもそれをナチュラルに、たいしたことだと思っていないところがあった。

そんな汐見君なら、過去に関係のあった私が今幸せかどうか、気になっているのは理解できる。とにかく、連絡先をもらったときはドキドキしたし、まさか今でも私に気があるの？　なんて一瞬邪《よこしま》な考えが横切ったりなんかもしちゃったけれど。

でも、お酒が抜けて帰宅して冷静になってみると、あれから七年近く経ってる。それなのに今でも私を好きとか、どう考えてもありえない。

きっといくつもの恋愛を経て、私のことなんかどうでもよくなっているはずだ。

そう自分に言い聞かせて納得しかけたときだった。

私のスマホに見慣れない番号から着信があって、飛び上がるくらいびっくりした。

「ぎゃっ!!　誰!?」

スマホに表示されている番号と、汐見君からもらったメモにある番号。それらを見比べたら、ぴったり合致した。着信の相手は汐見君だ。

——もうかけてきた!!

いくらなんでも早すぎじゃない!?　と内心突っ込みを入れつつ、応答をタップする。

「は、はい」

『衣奈?』

聞こえてきたのは間違いなく汐見君の声だ。こうしてスマホを通して聞くと、付き合っていたあの頃と変わりない。声に懐かしさを感じた。

「うん。お疲れ。もう飲み会終わったの?」

『一次会だけだったから。それに着任したばっかりで羽目外すわけにもいかないし。今夜は控えめにしたよ』

「そっか」

——まー、ああいったところって働いている人、皆真面目そうだしなあ……飲み会で羽目を外すイメージもないわ……

納得していると、スマホの向こうからふっ、と彼が笑ったような気配がした。

『本当はもっと衣奈と話したかったんだ。でも、衣奈には衣奈の都合があるし、邪魔してもいけないと思って』

あらまあ……お気遣いをどうも。

「ありがとう。そうね、女子五人の中に飛び込んだら、いいカモにされて根掘り葉掘りプライベートなこと質問責めされちゃうしね」

『はは、怖いな』

あはは、とお互いに笑ったあと。数秒汐見君の声が途絶えた。ん？　と思いつつ彼の言葉を待つ。

『……衣奈は今、付き合ってる人いるの？』

「えっ……」

きた。と思った。

やっぱり汐見君は、このことを確認したくて連絡してきたのだと悟った。久しぶりに会ったからって、嘘をついて見栄《みえ》を張ったってしょうがない。いないもんはいないんだから。

「……いないよ。……汐見君は？　きっといるよね」

本気で汐見君には相手がいると思っていた。だって、あれだけの容姿と検察官というハイスペックぶりに、靡《なび》かない女性なんかいない。

なのに、彼から発せられた答えは予想外のものだった。

『俺もいないよ。ずっといない』

「……え!?　ずっと!?　ずっとってまさか、私と別れてからずっと、って意味じゃないよね？」

『いや、そうだけど』

あっさり肯定されてしまい、開いた口が塞がらない。

——嘘でしょ。

「し、汐見君？　それ本当なの？　なんで……」

『いや、なんでって言われても。普通に忙し過ぎて女性とどうこうとか考えられないから。もちろん、親しい女性と食事くらいは行ったことあるけど、恋愛となるとまた話は別だよ。それに俺、転勤多かったし』

スマホから聞こえる彼の声には、困惑が混じっていた。

「でも、告白されたりはあったんじゃない?」

『ないよ』

「うそだあ」

『そういう空気にならないようにすれば、相手はその気があっても切り出せないよ』

何気なく聞いていたらふーん、とスルーしてしまいそうな一言。でも、私には今の言葉に含まれたこの人のすごさがわかった。

――こっ……この人、相手が自分に気があることをちゃんと分かったうえで、告白されないようコントロールしてる……!

一瞬ぽかん、としかけたが、すぐ我に返る。

「ていうか、好かれてるじゃない……」

『そこはどうしようもない。相手の感情まではどうにもできないから。でも、応えられないことがわかってるから、それ以上の感情を持たれないように気をつけてる。衣奈だって、経験あるだろう?』

「なっ、ないよ!! 私、そんなにしょっちゅう男性に好かれたりしないし……」

『俺のとき。別れたあと、すぐに電話番号変えたでしょう。俺と連絡がつかないようにした。それも一つの手段だよね、俺の気持ちがこれ以上膨らまないようにっていう』

「……えっ、た、確かに、変えたけど……」

スマホを持つ手が、小刻みに震え出す。

確かにあのとき、私は汐見君と別れて、予備試験が終わったという報告を聞いた後スマホの電話番号を変えた。

でもそれは私が未練がましく彼に連絡を取ったり、あわよくば会おうとしたりできないようにという気持ちが強かった。そんなときに汐見君からもし連絡が来てしまえば、せっかくの決意も揺らいでしまう。

汐見君の気持ちがどうこうというよりは、私のためにしたことでもあった。

——でも、そんなこと今更言えない。

これって遠回しに責められてるのかな。

そう思いかけたときだった。

『あのときは悲しかったな。俺、衣奈が大好きだったから。でも、衣奈が俺のために別れを切り出したという気持ちもわかるんだ』

「そ、そうなの？」

『うん。あのときの俺って、衣奈のこと好き過ぎて君しか見てなかった。だから、もし予備試験のとき君になにかあれば、なんのためらいもなく試験をすっぽかすことだってできた。だから、もしかしたら衣奈はそういうのも分かってた上で俺と別れたのかなって』

この人、ちゃんと自分のことわかってる。

確かに当時の汐見君はそういうところがあった。でも、私が彼との別れを決めたのは、それだけが原因ではない。

――そ、そんなに立派なもんじゃないけど……でもまあ、そう思ってくれてるならそれでいいか。

こっちが振ったのに、意外にも相手から高評価を得ていた。なんともありがたいことだ。

「それで……汐見君、私になにか用があって連絡くれたんじゃないの？」

『ああ、うん。食事、いつにする？　俺は基本、五時過ぎに仕事終わるんで。まあ、定時で終わらないこともあるけど』

――あ、そのことか……。そういえば検察官って公務員だもんな……

長く引っ張るのも悪いし、待っているこっちの身が持たなさそう。よって来週の金曜の夜に食事に行く約束をした。

『楽しみにしてる。今夜は会えて嬉しかった』

「う、うん。私も」

『じゃ、また。おやすみ』

最後の一言は、優しさが詰まっていた。そのせいか通話を終えたあとも耳元がなんだかくすぐったくて、このまま穏やかには到底寝付けそうもなかった。

汐見君のことはさておき、私には転職活動という大きな目的がある。

飲み会のあと土日の連休を挟み、また月曜がやってきた。朝から普通に仕事だと思うと、汐見君に会ったことなど忘れてすっかり通常モードだ。

——現実に引き戻されるわ……

職場での休憩中もネットで仕事を探したり、スキルアップになりそうな資格をチェックしたり、講習会を探してみたり。こんな毎日が続く。

——なにも事務仕事だけが仕事じゃないんだもんね。友達だっていろんな職種に就いてるんだし、これを機に私も別業種への転職を考えてみてもいいかもしれない。

越美もかなみも由香も皆サービス業。でも、皆職種は違う。この前会ったときの感じだと、皆それぞれ仕事にはやりがいを見出していて、とても充実しているようだった。

そういう友人達を見ると、自分にも他に合いそうな職種があるのでは？　と思えてしまう。

——実際、私ってどういう仕事が向いてるんだろう。

今まで生きていくのに必死で、仕事をさせてもらえるならどこでもよくて。あんまり深く考えたことがなかった。

こうして求人情報を覗いていると、いろんな仕事があるんだなと思い知らされる。とはいえ、ざっと見た限りでここ!! という求人は見つからず、自分って意外と社会に適合してないのではないか。そんな気がしてだんだん気持ちが落ち込んでいってしまう。

——転職って……むずい……

がっつり凹んでいると、このタイミングで私のスマホが震えた。着信ではなく、メッセージの受信だ。

「あれ。かなみだ」

家族で喫茶店を経営しているかなみ。そんな彼女から昼間に連絡が来るのは珍しい。

何事かとメッセージをチェックする。内容は、よかったら仕事が終わり次第うちにホットケーキでも食べにこない、だった。

実は、この前の飲み会のとき、私の今後を心配して何度もうちで働かない？ 決まらなくてどうしようもなくなったらいつでもいいから連絡ちょうだい、と熱心に誘ってくれたのはかなみだった。

そんな彼女の優しさに、じーんと胸が熱くなった。

ちょうど気落ちしていたタイミングでの誘いに、私が乗らないわけがなかった。すぐさま彼女に行く!!　と返信した。

かなみの喫茶店は、都心にある。道を挟んで向こう側にはビルが建ち並ぶオフィス街があり、昼時になると軽食を食べにオフィス街で働く人達で店が賑《にぎ》わうのだそうだ。

その代わりオフィスから人が去った夜は結構静かで、常連さんが数人ゆったりとコーヒーを飲んでいるくらいだ、と彼女が説明してくれた。

――昼の賑わいもいいけれど、夜のゆったりした雰囲気もまたいいよね。大人の空間って感じで。

ふんふーん、と鼻歌交じりでかなみの喫茶店に向かった。

最寄り駅に降り立ち、そこからかなみに指示された通り、喫茶店に一番近い出口を見つけ、その階段を上がっていたときだった。

「あれ」

階段を上る私とすれ違うように、上から降りてきたスーツ姿の男性が階段の中腹で立ち止まった。

このシチュエーション、この前もあったな。と思いつつその男性を見ると、そこにいたのはまさかの汐見君で、「えええっ!?」と大きな声を出してしまった。

「なっ!!　なんで汐見君がいるの!?」

私がめちゃくちゃ驚いていると、その様子に彼は若干引いているように見えた。

「いやそれ、こっちの台詞《せりふ》だから……だって、勤務先この辺じゃないよね？」

「全然違う。私、この近くに友達が経営する店があって、そこに呼ばれて……」

あっち、とかなみの店がある方を指さすと、汐見君が堪えきれないとばかりに笑い出す。

「それを言うなら、俺の勤務先すぐそこだもん。会うのは仕方ないよね」

こう言って彼が、店がある方角とは反対側を指さした。そこでハッとする。

――そういえば、この先に確かそれっぽい施設……あった……はず……

彼の勤務先。つまり地方検察庁。略して地検。

「そ、そうか……そういえばそうだったね……お、お疲れ様です……」

すっかり忘れていたことが恥ずかしい。前髪を手でさっさと分けながら、汐見君からの視線から逃れる。

はっきりいって、この場から今すぐ逃げ出したい。なのに、汐見君が動き出す気配は全くなかった。

「で、どこに行くって？　友達が経営する店……って言ったっけ。どういうお店？」

「喫茶店なの。美味しいコーヒーと、ホットケーキ食べにこない？　って誘われて……」

正直に言ったら、汐見君の顔にぱーっと笑みが差した。

「へえ、いいね。美味しそう」

にこにこしながら私の返事を待つ汐見君の心情を、どう読み取ればいいのか。

――これはもしや……一緒に行きたいってこと？

かといってかなみには何も言ってないし。どうしよう。でも、なんだかこのまま一人でこの場を離れることは難しいような気がする。

「……汐見君も……行く？」

恐る恐る尋ねてみた。

「いいの？　もしよければぜひ」

あっさり言われて、やっぱり。となる。

――まあ、いいか。念《ねん》の為《ため》かなみに確認だけしておこうかな。

私達は階段を上り、路上に出て人の邪魔にならないところに移動した。かなみがメッセージにすぐ反応してくれるかどうかはわからなかったけれど、連れが一人、一緒でもいいかとお伺いを立てたところ、すぐにOKと返事が返ってきた。

「OKだって。じゃ、行こうか」

「なんだか急に申し訳なかったね」

謝りつつも、汐見君が私の隣から離れる様子はない。

「ううん。ここで会ったのも何かの縁だと思うし」

これは社交辞令じゃない。確かにそんな気がしていた。

ここ数年間会わずにいたこの人と、この数日のうちに偶然二回も遭遇するなんて、なかなかあることじゃない。

「そう言ってもらえると、俺も嬉しいな。金曜の夜が待ち遠しかったけれど、思いがけず衣奈に会えて嬉しいよ」

「また、軽々しくそういうことを……」

冗談めかして笑って流そうとした。でも、チラ見した汐見君が真顔だったので、驚いて二度見してしまった。

「冗談じゃなくて。本心だから」

「そ、そう、なんだ……」

どっ、どっ、と心臓の音が大きくなる。

こんなことでドキドキしてどうするんだ、と自分に突っ込む。でも、一度高鳴りだした心臓はそう簡単に静まってはくれない。

困った私は、普段よりもかなりハイペースでかなみの店へ向かった。その私の歩く速度の速さに、しっかり併走しながら汐見君が噴き出した。

「ちょっとちょっと!!　速いから!!　なんか俺を巻こうとしてない？」

「し……してない!!　ほら、友達が待ってるからっ」

その結果あっという間に、かなみがご両親と経営する老舗喫茶店に到着してしまった。多分、駅から二分くらいで到着した。

「へえ……すごくいい雰囲気の店だね」

到着した途端、汐見君が興味深そうに外観を眺めている。

「そうだね。私も昔からここは雰囲気が好きだったなあ」

道路を挟めばオフィスビルが建ち並んでいる街並みの反対側に、昔からある古さを感じるテナントビル。その一階にある喫茶店。見るからにレトロな外観の木製ドアはダークブラウン。

ここに来るといつも思うけれど、まるで都会の中にぽっかり登場したオアシスのよう。

——やっぱ好きだなあ……ほんと、いいところにあるよこの店。

格子状のドアのガラス部分から店内が見える。近づいて中を覗くと、カウンターにかなみの姿を確認した。

「あ、じゃあ、入るね」

一応汐見君と目配せをしてからドアを開けた。同時にカラカラカラン、というどこか懐かしさを感じるベルの音がすると、カウンターにいたかなみをはじめとする店のスタッフが全員、こちらを振り返った。

「あ、衣奈‼　いらっしゃーい！」

長い髪を頭頂部で一つにまとめ、私服の上に店のオリジナルエプロンを着けたかなみ。彼女の太陽のような眩しい笑顔は、私をいつもほっとさせる。

「こんばんは。お誘いありがとう」

お礼を言いながらカウンターの中でコーヒーをハンドドリップ中のマスター、つまりかなみのお父さんと、その隣でパフェを作成中のお母さんに会釈をした。

店内にはカウンターに常連と思わしき男性のお客様が二名、フロアにいくつかあるテーブル席は、半数近くが埋まっていた。その半分は一人で来店したお客様らしく、皆静かに仕事をしたり、本を読んだりとそれぞれ思うままの時間を過ごしているようだ。

「いえいえ、こちらこそ。仕事帰りで疲れてるところにごめんね、お節介なのはわかってるんだけど、どうしても衣奈のことが気になっちゃってさ」

「ええ、そんな！　お節介だなんてとんでもないよ！　誘ってくれて嬉しかった。それに、マスターのコーヒーも久しぶりに飲みたかったしね」

かなみがホッとした様子で頬《ほお》を緩めた。

「そっか、よかった。……で、あの、さっき電話で言ってた連れの方って……そ、そちらの

「……？」

ホッとしていた顔が一転して、どこか緊張した様子でかなみが私の背後に視線を移す。

そりゃ、そういう反応になっちゃうよね。

「うん、こちら汐見響君。実は、学生時代に同じ学習塾でバイトしてた仲間なの。駅でばったり会ったのもなにかの縁だと思って、お誘いしてみました」

付き合っていたことには全く触れず、今思いついたにしてはバッチリの紹介。我ながら頑張った。

大丈夫だよね、こういう紹介の仕方で間違ってないよね？　という意味を込めて汐見君を見ると、一瞬だけこっちに目線を寄越《よこ》し、ニヤリと笑ってくれた。

「はじめまして、汐見といいます。今晩は突然お邪魔してすみません」

昔から彼のこういう物腰の柔らかさは、初対面の人に与える第一印象として最高のものだと思う。こういう場面を何度も見てきたからよく覚えている。

「まさか衣奈にこんな素敵なお知り合いがいたなんて……!!　スーツがよくお似合いですが、どういったお仕事をされているんですか？」

「公務員です」

――まあ、間違いじゃないしな……。多分、ここで自分に話題が集中するのを避けたかったんだろうな。

彼の考えそうなことは容易に想像がつく。恋人でもないのに分かってしまう自分にも少々困惑したけれど、私達はかなみの誘導により店の奥にあるテーブル席についた。

「仕事片付けたら顔出すから、ちょっと待っててね！」

「私達は大丈夫だから、ゆっくりでいいよ～！」

かなみはお水だけを置いて、ぴゅーっとカウンターに戻っていった。どうやらホットケーキを焼いてる最中だったらしい。

かなみの背中を見送ってから、さて。とばかりに汐見君が私を見て微笑んだ。

「少しだけ残業してラッキーだったな。定時で上がってたら衣奈に会えなかった」

「いや、まさかあんなところで会うなんてこっちもびっくりだよ。しかも金曜に会ったばかりなのに」

「ね。縁があるのかも」

ご機嫌な汐見君のことは気になるけれど、それはさておき。まず何を注文するか決めないといけない。

「汐見君、何にする？　私は夕飯代わりにホットケーキにする」

テーブルの上に置かれたメニューを開き、汐見君の前に置いた。

「さっきからいい匂いがしてると思ったら、ホットケーキか。いいな、俺もそれにしようかな。

あと、コーヒーを」

「同じだね。じゃ、注文してくるね」

かなみに来てもらうのも悪いので、席を立ってかなみに直接オーダーした。

「おっけー、ちょっと待っててね～」

よろしくお願いしまーす、と言ってから席に戻った。そんな私とかなみのやりとりを目で追っていたらしき汐見君が、水を飲んでいたコップをテーブルに置いた。

「二人で何か積もる話があったんじゃない？　俺、邪魔しちゃったかな」

「え。や、そんなことないよ。ちょっとね……。……この前の飲み会のときに私が近況を話したら、彼女が心配してくれてね。それで誘ってくれたの」

こう言ったら、絶対汐見君はその近況はなんなのかと聞いてくるはず。彼に心配をかけるのは本意ではなかったけれど、ここまで来て近況を誤魔化《ごまか》すのはもう無理がある。

――いいやもう。失職するのは事実なんだもん。

開き直っていると案の定、汐見君が身を乗り出してくる。

「心配されるような近況ってなに。どうかしたの」

「あ、でも、たいしたことじゃないの。今の勤め先が経営者の都合で会社を畳むことになっちゃって。それで、会社がなくなるまでに職探ししないといけないっていう……感じ？」

真顔で私の説明を聞いてくれていた汐見君が、軽く眉根を寄せた。

「大したことじゃなくないだろ。一大事だよ」

「そ……そっか、そうだね……」

真剣に言われると反論できない。そうですね、と頷く。

「この前会った時に言ってくれればいいのに……って、そんな時間もなかったか……。で、職探しは進んでるの？」

私は小さく頭を振った。

「まだ、全然。今までみたいな仕事をするか、それともこれを機に全然違う職種に就いてみるかを考えてるところなの。よく見たら、周囲は皆違う仕事してるんだよねって気がついちゃって。私ってこれまで事務仕事しかしてこなかったから」

汐見君がふーん、と頷く。

「確かに。仕事ってごまんとあるから。一つ二つ経験しただけでどれが自分に合ってるかなんて、そう簡単にはわからないしね。いいんじゃないかな、いろいろ経験してみてから決めるのも。まあ、ある程度経済的な余裕は必要かもしれないけれど」

「貯金がないわけじゃないから、その辺はなんとか……。でも、何もしてないのは不安だから、正社員として採用されなくてもバイトかパートはしようかなって思ってる」

ずっと腕を組みながら私の話を聞いてくれていた汐見君が、体勢を変えた。ソファーに凭《もた》れながら、何気なく窓の外に視線を移した。

「なんだ、もっと悩んでるかと思って心配したけど、衣奈の中ではある程度考えがまとまってるんだね。少し安心した」

「ここに来るまですっごく悩んだの……。これを機に実家に帰ろうかなとも思ったし」

「え」

途端に汐見君が顔色を変える。

「実家って。衣奈の実家って結構遠くなかったっけ」

「そうね、ここからだと新幹線と在来線を乗り継いで四時間くらいかかる場所かな。別に帰ったっていいんだけど、こっちより全然仕事探すの大変だからなーって。住むところはいいとしてね」

でもまあ、そんなに悲観してないから大丈夫。と続けようとして汐見君を見る。

なぜか彼が思い詰めたような顔をしていて、こっちが不安になってしまう。

「ど、どうしたの……？　私、なんかおかしいこと言ったかな」

汐見君が大丈夫、とでも言うように私に掌《てのひら》を見せてくる。

「や、なんでもないんだ。なんというか……衣奈が実家に戻ることになったら、俺どうしようかなって本気で考えてた」

「へ。なんで？　私が実家に帰るのと汐見君になんの関係が……？」

「ないように見えてものすごくある」

——は……？　全く言ってる意味がわかんないんですけど……

困惑していると、カウンターからコーヒーの乗ったトレイを持ったかなみが歩いてきた。

「ごめん、お待たせ！　今日のおすすめコーヒーでーす」

目の前に置かれたコーヒーカップから、ふんわりと淹《い》れ立てコーヒーの香ばしい匂いが漂ってきた。これだけでもう、かなり癒やされる。

「いい香り。美味しそう」

汐見君もカップを持ち上げると、まずその香りを楽しんでいた。

「マスターのコーヒー、すごく美味しいよ。飲んでみて」

私に勧められて、汐見君がコーヒーを一口。味わうようにゆっくり口に含ませたあと、彼が笑顔でうん、と頷いた。

「美味しい。味わい深いのに後味がすごくスッキリしてる。フルーティだね」

「わかります!?　そうなんですよ、今日の豆は後味がスッキリして、ベリーのような風味が口に残るのが特徴なんですよ」

かなみがトレイを持ったまま嬉しそうに説明してくれる。それを聞いてから、私もどれ、とコーヒーを飲んでみる。確かに汐見君が最初に言った通り、苦みはあるけれど後味がスッキリしている。そして、飲み終わった後でふわっと口の中に広がるのはフルーティな爽やかさ。

――美味しい。さすがマスターだわ。

「ホットケーキは今焼いてるから待っててね。で、ちょろっと聞こえてきたけど、汐見さんにもお仕事の相談してたのね。なにかいいアドバイスもらえた？」

「いやあ……まだそこまでは。とりあえず近況を話してたとこ」

苦笑すると、かなみがそっか、とため息をつく。

「本当に、仕事決まらないようだったらしばらくうちで働いてみない？　うち、仕事だけはあるし、時給だって悪くないと思うのよね」

かなみと私の会話を聞いていた汐見君が、そうなの？　と目を輝かせる。

「衣奈がここで働くなら、俺毎日通うけどな。うちの事務所の人も連れてくるし。ここってテイクアウトもできるんですか？」

「できますよー！　事前連絡もらえれば用意してお待ちしてます」

私はまだ働くともなにも言ってないのに、二人の間でどんどん話が進んでいってる。

「ちょ、ちょっと待って……。まだ働くかどうか決めたわけでは……」

おろおろしながら二人の間に割って入る。しかし、そのときちょうど別のテーブルで話をしていた男性二人が急に声を荒げたので、びっくりしてそっちに意識が飛んでいった。

「ふざけんな!!　あんたがいつまでもちゃんとしないから、こういうことになってるんだろうが!!」

「こんなところででかい声出さないでくれるか。そもそも、あの土地はうちが昔から車を停《と》めてた場所なんだよ。ってことは、うちの土地だってことだ。それなのになんで今更そんなこと言ってくるのか……」

「うちだってあの土地にずっと荷物を置いてたんだ。車を停めてたからってだけで自分の土地と言い張るなら、俺だってあの土地はうちのもんだって主張するけどな！」

大きい声でやりあっているので、聞きたくなくても話の内容が全部聞こえてきてしまう。

――うわ、こんなところで喧嘩《けんか》……？　勘弁してよ……

困惑しながらかなみに視線を送ると、ムッとしたように目を細めている。

「もー、まただよ」

口論をしているのは年配の男性二人だが、かなみの様子を見るとどうやら常連さんらしい。

「騒がしくてごめんねー。あの人達、うちの商店街の人で常連なんだけど、定期的にあの話をするたびにヒートアップしてるのよね。いやになっちゃう」

「定期的!?　しょっちゅうあんな感じで喧嘩《けんか》してんの？」

「そうなのよ〜。この近くで隣り合って商店営んでる人なんだけど、先代時代はお互い仲良くやってたから境界線云々《うんぬん》は気にしてなかったんだって。でも代替わりしたら、そういうわけにもいかなくなったらしくて。定期的にここで話し合いしてる。なんで早く解決しないのかね？」

商店街の皆もずっと不思議に思ってるよ、と。かなみが零《こぼ》す。それに反応したのは、汐見君だ。

「境界線か……。意外と根深い問題ですよね」

「そうなんです。どちらかというと本人達より周りが気になっちゃってる感じなんです。現にうちの父も、穏やかな顔でコーヒーを淹《い》れてるけど心の中は悶々《もんもん》としてるはずです」

「そうですか……困りましたね」

汐見君がまたコーヒーを口に運ぶ。しかし、相変わらず後ろでは男性達の口論が続いていて、せっかくの雰囲気も台無しだ。さすがに汐見君もコーヒーを飲んだ後苦笑していた。

「すごいな。どっちも引かない」

「負けん気が強い者同士って感じでね……。毎回こうなると、うちの父が二人の奥さんに連絡して、引き取りに来てもらうの。奥さん達も困ってたわよ」

「そうですか……」

汐見君が何かを考え込み、静かに立ち上がった。

「そういうことなら、お役に立てるかどうかはわからないですが、やれるだけのことをしてきますか」

「へ？」

私とかなみがきょとん。としている間に、汐見君が席を離れ、口論中の二人に歩み寄った。

「お話し中のところ失礼いたします。お店の他のお客様のご迷惑になりますので、少々声のボリュームを落としてはもらえませんか」

まるで店員のように二人に声をかける。すると、ハッとしたかのように二人が黙った。二人を黙らせたので、これで終わり。……かと思ったら、なぜか汐見君はそのままそのテーブルで二人に対し、なにか話し始めた。胸ポケットから名刺を出して、二人に配っていたのを見ると、自分が検察官だということは明かしたのだろうけれど。

周りの迷惑になるといけないからと、汐見君は二人を連れ店の外に出て行った。ドアの向こうに汐見君の背中が少し見えているので店の前にいることが確認できた。

でも、あんなに激しく口論していた二人の間に入って、本当に大丈夫なのだろうか。

「ええ……し、汐見さんだっけ？　大丈夫かな……あの二人結構面倒だよ？」

かなみが不安そうにドアを見つめる。

その気持ちは私もわかる。でも、汐見君には彼なりになにか考えがあるのかもしれない。

「うーん……私も大丈夫だと断言はできないけど……。でも、法律に関しては詳しいだろうから、どうにかして宥《なだ》めてくれるんじゃないかな、と……」

「法律に詳しい？　……それって、汐見さんがそういうお仕事をしてるってこと？」

目をまん丸くして私に問うかなみに、その辺りの事情を説明することにした。

「うん。実は汐見君って、検察官なの。地方検察庁にお勤めだそうで……」

まん丸かったかなみの目が、さらに大きくなる。と、共に口もぱっかんと大きく開いている。

「け、検察官……!!　てことはなに、け、検事さんてことよね？　私そこらへんよくわかんないんだけど!!」

「うん。その認識で合ってる。私も彼に今検察官だって言われて家帰って調べたもん……」

検察官というのは五種類ある役職の総称。その五種類ある役職の中に検事があるのだが、司法試験に受かって任官される人は検事なので、司法試験をパスしている汐見君は検事ということになる。

「へえ……検事さんなのかあ……。まさか衣奈がそういう人と知り合いだったなんて。学生時代？　なーんにも言ってなかったじゃない？」

「いやその、塾で一緒だったってだけだから！　それに向こうも塾講と自分の勉強で忙しくしてて、紹介とかする隙なんか全くなかったし」

付き合っていたことはバラすまい、と必死に誤魔化す。

「ていうか、私身近で検察官やってる人初めてよ……。でも、それを聞いたらなんとかしてくれそうな気がしてきた」

「そうなるといいね……」

かなみがホットケーキの様子を見に一旦カウンターに戻ると、私は一人で席に戻る。

汐見君が席を立って数分後。ホットケーキができあがり、私の分と汐見君の分がそれぞれテーブルに置かれた。

メープルシロップは三種類あり、目の前に三本のボトルが置かれた。色の薄い物からかなみが説明してくれる。一番色の薄いメープルシロップは子どもも好きな一般的なもの。二番目はカラメルの風味が強く、コクがあるもの。一番色の濃いものは香りも強く、さらにコクがあるもの。

かなみによれば「完全に個人の好み」だそうで、とりあえず初めてだし、一番ポピュラーなものを選んだ。

「まだ終わんないのかなあ……様子見に行った方がいいかな」

かなみがそわそわしながらドアの向こうを気にしている。もちろん私もさっきからどうなったかが気になって、見にいきたくてうずうずしてるところだ。

「ど、どうしよう。見にいくか……かなみ、一緒に行く？」

「いいよー、行こうか……あ」

席を立とうとしたら、ちょうどドアが開いて汐見君と、さっきまで口論していた男性不二人が喫茶店の中に入ってきたところだった。

汐見君は特に変わらないけれど、激しく口論していた男性達の顔が、さっきと打って変わって穏やかになっていたことにまず驚いた。

「マスター、さっきは騒がしくして申し訳なかった。この検事さんからいろいろ話を聞いて、専門家の元でちゃんと境界線を決めることにしました」

店に入ってきてすぐ、高齢の男性の一人がマスターに頭を下げた。その後ろにいいたもう一人も、すみません、と店内にいるお客様に会釈して騒ぎを詫《わ》びている。

「そうなんですか⁉ ……いやでも、その方がいいよ。よかったよかった」

話を聞いたマスターがまず笑顔に。そして男性二人も笑顔のまま、元々自分達がいた席に戻った。

そして汐見君が男性達に会釈をしてから席に戻ってきた。その顔には、わかりやすく安堵が広がっている。

「待たせてごめん。ホットケーキ焼けたんだね、冷めちゃう前に食べないと。あれ、メープルシロップこんなにあるの？ どれをかければいいのかな」

さっき教えてもらったメープルシロップの説明をすると、彼は迷わず二番目に濃い色のメープルを選んでいた。

何事もなかったかのように汐見君がナイフとフォークを手にし、いただきます、とホットケーキを食べようとする。

無言でそれを見つめていたけれど、思わずいやいや待って、とこっちが突っ込みを入れてしまった。

「ちょ、ちょっと待って!! 一体何がどうやって……。あの剣幕《けんまく》で喧嘩してた人達をどうやって宥めて納得させたの？」

「どうやってって……普通にこれまでの経験上、この先起こりうることを伝えてみただけ。境界線の問題って意外とバカにできなくて、それが原因で殺人事件だって起きてるからね、ちゃんと片付けた方がいいですよって」

汐見君がホットケーキにメープルシロップをかけている。それを見ながら、私も釣られたように同じことをした。

ほどよくいい感じで焼かれたホットケーキにシロップがかかる様が美しい。キラキラしたホットケーキにナイフを入れながら、話を続けた。

「そ、それで……相手はすんなり聞き入れてくれたの？」

「最初は面倒だとか、なんで俺がそんなことしなきゃいけなんだとか、反発すごかったけど。でも、お子さんが同居してるのに禍根を残すのはよくない、お子さんが苦労しますよって説明したら分かってくれた。自分はいいけど、子どもに苦労を背負わせるのは二人ともいやだったみたいだね」

「……で、どうやるの？」

パクッと一口ホットケーキを口に運ぶ。入れた瞬間、ふわふわの生地とじゅわっとしたメープルシロップとバターが口の中に広がる。美味しい、さすがかなみ。

「とりあえず土地家屋調査士を紹介するって言っておいた。話し合いで決まらないようなら、法務局で筆界特定制度っていうのもやってるんで、それをすれば裁判を回避することはできますよって。わかりやすく言うと、専門家にお任せしましょう、ってこと」

涼しい顔でホットケーキを食べている汐見君だけれど、話していることは専門的で私には見当もつかないことばかり。

「俺の連絡先は教えておいたから、なにかあれば連絡くると思うし。対処するよ」

「でも、こういうのって汐見君の専門じゃないでしょ？　よくあるの？」

「ないない」

汐見君が苦笑する。

「本当なら管轄外だからスルーするけど、この店は衣奈の友人の店だからね。マスターもご友人も困ってるようだから我慢できなくて間に入ったけど、普段はやらないよ」

「えっ、うそ……ごめん、私のせいだね……」

ただでさえ忙しそうな汐見君に余計な仕事を……と思って慌てた。でも、そんな私を彼は素早く大丈夫だよ、とフォローする。

「検察官も立場が違うだけで法律の専門家に変わりはないんだよ。人が困っているなら手を差し伸べる、それって当たり前のことだから。気にしないで」

「でも……」

「大丈夫、こういったことに詳しい弁護士の知り合いは結構いるから。もし裁判なんてことになればそっちに話を振るだけだよ」

「そ、そう……？　そっか……。でも、ありがとう。マスターがすごくホッとしてたよ」

「お役に立てて何よりです」

にっこり微笑む汐見君に、こっちまで釣られて笑顔になる。

「すごいなあ、汐見君は……。人様のお役に立つお仕事してるって、尊敬する」

「そんな。人の役に立ってるのは皆そうだろ？　衣奈だって、君が今の会社で事務を担ってくれているからこそ、他の人達が安心して他の作業ができているわけだし」

「そ、そうかもしれないけどさ。汐見君とは内容が違うじゃない。重さっていうか……」

汐見君が一旦ナイフを置き、じっと私を見つめてくる。

「仕事内容に重さなんか関係ないよ。頑張ってる人は皆偉い。それでいいんじゃないかな」

「……そう、だね……。確かに。頑張ってるのは皆一緒だもんね」

納得した私に満足するかのように、また汐見君が笑う。

――この人って、本当に私を安心させるのがうまい。

そういえば学生時代もこんなようなこと何度かあったっけ。

明らかに汐見君から好意を向けられて、最初は私じゃ釣り合わないからと交際をためらった時期もあった。でもそれを彼に話すと、

『学生同士で釣り合うとか合わないとか、そんなの考える必要ないだろ？　俺は君自身と付き合いたいだけなんだから』

って言われて、それもそうだなと思い直して、交際を決断したっけ。

あの頃から汐見君はこういう考えの人だったから、司法試験を受けるって聞いたときはだろうね、と思ってしまった。実に汐見君らしいと納得した。

「汐見君、変わってない」

くすっとすると、汐見君の眉がひゅっと上がった。

「そう？　まあ、変わりようがないよね。そういう衣奈も変わってないように見えるけど」

「あ、そう？」

「うん。昔と同じで、今も可愛《かわい》いから」

急に違う方面に舵《かじ》が切られて、びっくりしてナイフとフォークを持つ手が止まった。

「や、なに？　急に。おだてても何もでないよ」

「おだてたわけじゃない。本音。本当にそう思ってるから。じゃなかったら今日もこうして、仕事帰りにわざわざついてきてない」

急に思わせぶりなことを言う汐見君に、ドキドキしてきた。

——なに？　一体……これって、なんだか彼が今でも私に気があるみたいに聞こえるんだけど。

「汐見君、ど、どうしたの？」

「わかんないかな。俺、今でも衣奈のことが好きだ」

驚きすぎて、ひゅっ、と喉が鳴る。

じっと私を見つめてから、汐見君がホットケーキに視線を戻す。

「まあ、驚くよね。あれからもう六年……いや、七年近く経ってるのに、まだ君のことが忘れられないなんて。俺ってしぶといというかなんというか……」

「しぶといなんて思わないよ。そうじゃなくて、ただ普通に驚いただけ。し……汐見君なら他にいくらでもいい女性が見つかるだろうし、そういう女性と知り合う機会も多いだろうし……」

「いくら機会が多くても、俺の中にはずっと衣奈がいたから。……ずっと忘れられなかった」

最後の一言にやけに心情が込められていて、返す言葉が浮かんでこなかった。

——す……すみません……

咄嗟《とっさ》に謝りの文言が浮かんできたけど、それは呑み込んだ。

確かに振ってしまったのは私。それに関して申し訳ないとは思う。でもあのときはそれが最善だと信じていたし、そうでもしないと順調な汐見君と自分を比べてしまって、きっともっと辛かった。

言葉が出ない私を見て何を思ったのか、汐見君が話を続ける。

「……まあでも、あのときの衣奈の決断は正しかったと思う。さもないと俺、衣奈のこと好き過ぎて自分の事なんか二の次にしてたから。多分、衣奈が風邪引いたって言ったら、司法試験なんか無視して君の看病を優先してた。そんな俺が、司法修習で君と離れたり、転勤生活に耐えられるはずがなかったからね。今の俺があるのは、君があのとき突き放してくれたお陰でもある。そのことに改めて感謝してるんだ」

振ったことに対して不満を抱かれているのかと思いきや、逆だった。まさかお礼を言われるとは思わなかった。

「ええ……。そんな、感謝されるようなことなんかなにもないのに……。本当に、あのときはごめんなさい」

「いいえ、どういたしまして。気にしてないので、衣奈も気にしないで。……そこで、これは提案なんだけど」

「……提案？」

話に夢中になっているせいで、私も彼もホットケーキを食べる手が完全に止まっている。

どんな提案をされるのかと身を乗り出すと、汐見君がにこりと微笑んだ。

「また付き合わない？　俺たち」

爽やかすぎる汐見君の笑顔に見とれそうになったけれど、彼の口から飛び出した言葉に頭が真っ白になる。

「えっ……」

「俺は、今でも衣奈が好きだから」

心臓がドクン、と大きな音を立てる。

「や、その……えっと……」

「ここ数年は転勤を繰り返す生活だったけど、こっちに戻ってきたばかりだから多分一年か二年は今の地検にいられるはず。その間だけでも付き合ってみない？」

「……こ、こっちにいる間ってこと？」

私の質問にはっきりとした返事はくれなかった。どこか誤魔化すように、汐見君は口元に笑みを浮かべる。

「付き合ってみてもしよければ先のことも考えてほしい。俺は、それによって今後の人生をどうするか決めるから」

ただ付き合うだけの話から、今後の人生をどうするかという話にまで膨らんでいる。

こんなの、今ここであっさり出していい答えじゃない。

「ちょ、ちょっと待って。あの……、そう言ってもらえるのは嬉しいけど、すぐに答えを出すっていうのは……今は難しくて……」

「もちろん。衣奈は今、転職活動で頭がいっぱいなのもわかってる。でも、言わずにいられなかったのは完全に俺のわがままだ。付き合う付き合わないは、今後の人生を左右することでもあるんだし、じっくり考えていいよ。むしろよく考えて」

話を終えると、汐見君はコーヒーのカップを手にした。その顔は、言いたいことを言ってすっきりしているようにも見える。

釣られて私もコーヒーカップを持ち、気持ちを落ち着けるようにコーヒーを一口。

「……まさか再会して会うの二回目なのに、告白されるとは思わなかったな……」

言うつもりもなかったのに、つい本音がぽろっと出てしまう。私の呟《つぶや》きはしっかり汐見君に届いていて、苦笑された。

「ごめん。どうも職業柄、早めに物事白黒つけたいタイプっぽい」

「いや、でも私まだ答え出してない……」

コーヒーを飲み、カップを置いた汐見君がテーブルの上で腕を組む。

「俺が伝えたかっただけなんだけどね。言っておかないと、その隙に衣奈に言い寄ってくる男性が現れるかもしれないし」

「またまた。そんなのいないってば。いたらとっくに付き合うなり、結婚するなりしてるはずだし……」

「でもいなかったんだよね？　好きな人」

じっと私を見つめてくる汐見君の目には、どこか圧がある。それにうっ、と怯みそうになる。

「……ま、まあ……」

「とにかく、俺の気持ちは伝えたから。いつでもいいから、返事待ってる」

口調は柔らかいし、決して気持ちをごり押ししてきているわけじゃない。

そのせいもあって、これだけ気持ちを伝えてくれてるんだし……と付き合う方向へ気持ちが傾いている自分もいる。

でも、待って。

確かこの人と最初に付き合うときもこんな感じだった。

たまたまバイトの帰りに食事をする流れになり、そこで好きですと告白され。自分と相手とのスペックの差がすごすぎて、怯んで、最初は無理だと断った。

でも、汐見君は引かなかった。会うたびに私の不安を埋めるよう、大学がどこがとかそういうのは関係ないから、大事なのはお互いを想《おも》う気持ちだろう？　と少しずつ私の心をほぐしていった。

絆《ほだ》された結果、私達は付き合うことになった。

――よく考えなくても前と一緒じゃん、これ……

でもあのときとは状況が違う。お互いもう三十前のいい大人だし、相手のスペックが突き抜けすぎているせいで自分と比較しようとも思わない。そこはいい。

でも、今私は仕事を失う前の身。対して相手は順調にキャリアを積んでいる検察官。

そんな人と付き合うのが私で本当にいいのだろうか。私達がよくても、周りが許してくれないのではないだろうか……？

「あ、あの。確か前もちょろっと聞いたことあるけど、汐見君ってご両親は何してる人だっけ？」

「ん？　うち？　うちは両親ともに大学教授で、兄は今海外の大学でアシスタント・プロフェッサーやってる」

そうだった……

確か、前に聞いたときもそのすごさにおののいて、やばい住む世界違う、ってなったっけ。

――いくら数年経過しているとはいえ、状況が変わってるわけないもんね……

「…………いやあの、汐見君……」

「ん？」

声をかけたのはいいけれど、今の気持ちをどうやって彼に伝えたらいいのか悩む。

私とあなたは住む世界が違う、と言ってもわかってもらえないだろう。私が何か言えばそれに対してものすごい正論でのド直球が飛んでくるに違いない。

「……なんでもない」

「気になるな」

「たいしたことじゃないから」

ふー、と心の中でため息をついた。

うちはごくごく平凡な会社員の父とパートをしている母と、保育士をしている妹がいる。

そんな家で育った私と汐見君が、果たして結婚してうまくいくのだろうか。

――聞いたり見たりした情報でしかないけれど、育った家庭環境って大きいっていうし……それに私、今の仕事辞めたらしばらく正社員じゃなくなるかもしれないし……

まだ私が我慢を強いられるのはいい。私だけが耐えればそれで済むのだから。でも、両親や妹はどうだろう。家族が肩身の狭い思いをしたりするのは、嫌だな……

もちろん、汐見君のご家族はきっといい人だと思う。彼がこんなんだから。でも、結婚するともれなく親族もついてくる。汐見君の親族が、皆いい人なのかどうかはわからないし。

一旦答えは保留にした。でも、これってあんまり引っ張るもんじゃないよね。

「あのさ……」

やっぱり無理だ、付き合えないよ。

その気持ちを汐見君に伝えようとしたとき「お待たせ〜！」という明るい声と共にかなみがやってきた。

「来てもらったのにごめん！　あっ、汐見さん、コーヒーおかわりします？」

「いいんですか？　もらおうかな」

ほぼ空になっていた汐見君のカップを見て、かなみがコーヒーの入ったサーバーからコーヒーを注いでくれる。

そこからはかなみを交えてのトークタイムとなった。社交的な彼女は、初対面の汐見君とも難なくトークを展開させていく。

サービス業に従事した経験がほぼない私は、万が一仕事が見つからずここのカフェでアルバイトをさせてもらうことになっても、ちゃんと務まるのかと不安になる。

——いちいち落ち込んでる場合じゃないな。頑張って仕事探そう。

この前は他にも友人達がいたから強く誘えなかったけれど、本当に今、この喫茶店は人手不足らしい。だから、ぜひ働くことを考えてほしいと言われた。

「いつでもいいから、待ってるからね！」

というありがたい言葉をいただいた。

かなみはいらないと言ったけど、美味しいものを食べさせてもらったのにお代を払わないわけにいかない。私と汐見君は代金を支払って店を出た。

「なんだかんだで閉店間際までお邪魔しちゃったね……」

私達が店を出る前には、数組いたお客さんもカウンターにいた常連さんも姿はすでになく、しかもマスターとかなみのお母さんの姿までも消えていた。どうやらある程度の仕事が終わると、いつもかなみや従業員に任せて奥に行ってしまうらしい。休憩しているのだそうだ。

「そうだね。いい店だった。職場に近いし、同僚誘ってまた来ようかな。それか、テイクアウトでも」

すっかり暗くなった駅までの道を、汐見君と並んで歩く。さっきばったり会ったあの駅に到着すると、私と彼は帰る方向が違うので別のホームを目指す。

「じゃあ、私こっちだから」

汐見君に声をかけ、先を急ごうとする。そんな私に、彼が待ってと声をかけた。

「衣奈、さっきなにか言いかけたよね。なにを言おうとしたの？」

「えっ……」

忘れた頃の追求にドキッとする。

「やっぱり付き合えない、って言おうとした？」

「……！」

言ってないのになんでわかるの⁉　という心の声が顔に出てしまわないよう、極力無表情を貫いた。でも、そんな努力もむなしく、汐見君にはバレバレだったようだ。

なぜかクスッと笑われた。

「だと思った。衣奈、付き合ってたときもうちの家族の職業聞いておののいてたもんな。俺はしきりにそんなの気にしなくていいって言ったのに、まるで聞こえてないみたいだったし」

「ご……ご家族なんだから、気にしないわけにはいかないよ。私の家って親戚が多くて、付き合いも頻繁《ひんぱん》だからそういうのを無視できなくて……」

もにょもにょと自分の考えを伝える。言ったところで汐見君にはこんな考え、理解できないかもしれない。それでも私の考えを知っておいてほしかった。

……かった、だけなんだけど。

「衣奈が気にするなら、俺、家を出て家族と縁を切ったっていいよ」

思いもよらぬトンデモ発言が飛び出して、全身から血の気が引いた。

「なっ……！　なに言って……だめだよそんなの！」

「どうして。家のことが原因で好きな人と一緒になれないなら、俺は家族なんか惜しくない。衣奈を選ぶ」

——ちょ……ちょっと待って!!

「いやいやいやいやいやいや!!　待って待って、それはだめ!!　家族は大事!!」

汐見君のジャケットを掴んで、冷静になることを求める私を、通りすがりの人達がチラ見していく。きっと痴話喧嘩か何かだと思われているのだろう。

そりゃそうだよね、駅構内でなにしてんだって話だよね。

ジャケットを掴みながら、汐見君を見上げる。彼の表情からして、この人は決して冗談を言っているのではない、本気だとわかる。

「それくらい、衣奈のことは本気で好きなんだよ。わかってくれた？」

「……わ、わかった、けど……」

彼のジャケットを放し、一歩後ろに退く。

「まだ答えは出さなくていいよ。それよりも、今週の金曜の約束ってまだ有効？」

「えっ？　あ、ま、まあ……うん」

そもそも今夜は偶然会っただけ。元々金曜にこの人と会うつもりではいたので、予定はそのまま。

約束が生きていることを確認すると、汐見君の口元がわかりやすく弧を描く。

「よかった。また金曜に会えるね。店、予約しておくから美味しいものでも食べに行こう」

「う……うん……わかった……」

「それじゃ、金曜日に」

すれ違いざま、私の肩に彼の手が軽く触れた。

肩越しに汐見君を振り返ると、彼の姿はもう改札の向こうだった。なんとなく視線を送り続けていると、改札の向こう側で汐見君が立ち止まり、私を見つめてくる。

——み、見られてる……

胸の辺りでヒラヒラと手を振ったら、汐見君も同じように手を振り返してくれた。

まるで数年ぶりに甘酸っぱかった学生時代の恋が戻ってきたようで、胸の辺りがじわっと温かくなった。

——アラサーになって、こんな思いをするとは思わなかったな……

まだ汐見君の気持ちに応えるかどうかは決めていない。でも、そういえば恋ってこんな感じだったなと懐かしむのは、悪くないと思った。

第三章　ストレートな汐見君

会社が廃業になるその日が徐々に近づき、社員の中には次の勤務先が決まり去っていく人もちらほら出始めた。

そういう話を聞けば聞くほど、私に焦りばかりが生まれる。そして焦るばかりで、私が本当にやりたいことはなんなのかが全く見えてこない。

――そもそも、社会人になれればいいというざっくりした目標しかなかったからなあ、私……

だからこそ高い志を持っている汐見君に引け目を感じてしまったわけで。

でも、ここまできたらもう、やりたいことを見つけてる場合じゃないのかも。それよりも自分が生きていくために、さっさと次の仕事を見つけた方が賢明か……

――もういっそのこと、かなみのお店で働こうかな。あそこまで言ってくれてるし、本当に人手が足りてないみたいだったもんな。

その証拠にマスターもかなみのお母さんも、自分の仕事が落ち着くと定期的にバックヤードで休んでいるらしいし。そういうのを聞くと、自分がなんとか力になれないものかと思えてくる。

——喫茶店か……でも、バイトだよね。私が希望するのは正社員だし、一時的にバイトするのはいいけど、ずっとってわけにはいかないよねえ……

この前かなみの店に行って以来、あそこで働こうかな。でもやっぱり正社員がいいなあ……と。何度も何度もこの考えが頭の中で繰り返している。

「やばいな私。病みそう」

職場でお昼休みを迎え、自分の席でお弁当を食べる。今後どうなるかわからないので、今は食費をかけられない。よって最近のお弁当は、おにぎりとちょっとしたおかずを入れた簡単なもの。今日のおにぎりの中身は焼きたらこだ。

ありがたいことにお米は実家から送ってもらえるので、お腹が空いたら米を食う。これでなんとか乗り切ることができる。

もしゃもしゃとおにぎりを食べながら、スマホで時事ニュースなどをチェック。すると、画面に受信したばかりのメッセージがとびこんできた。送信元は汐見君だ。

「ん？」

なんだろうとそのメッセージをチェックすると、今度食事をしに行く店の候補をいくつか決めたから選んでくれ、という内容だった。

彼が選んだ店は全て、鰻屋《うなぎや》さんだった。

——う、うなぎ……!!

それを知った途端、わかりやすくテンションが急上昇した。そう、私の好物はいくつかあるが、その中でも群を抜いているのが鰻なのだ。特にひつまぶしが大好きだ。

学生時代はそんな高級なものを食べに行くようなお金の余裕もなかった。よって汐見君とはデートのたびにそのうち鰻食べにいこうね～！　と話していただけで、結局実行できずに終わっていたのだ。

——もしかして、私が鰻好きだってちゃんと覚えていてくれたのかな……？

ちょろい私はそれだけで舞い上がりそうになる。でも、私の中にいる冷静な自分が、それすら彼の作戦かもしれないから!!　と忠告してくる。

「そうなのかな……」

頭は痛くないけれど、頭を押さえたくなる。

嬉しいけれど困る。困るけれど、汐見君にまた会ってみたいという気持ちはある。

正直自分はどうしたいのかよくわからなくなってきた。

——でも、鰻は食べたい……

店のことはよく分からないので、汐見君のイチオシなところでいいよ、とメッセージを送った。

するとすぐに返事が来た。【了解！】という短い文だったけど、汐見君の爽やかさが伝わってきて、思わずにんまりしてしまう私なのだった。

汐見君と約束した金曜の朝になった。

いつも通りに着替えを済ませ、長い髪にブラシを通していたとき。汐見君と食事に行くならもうちょっと気を遣った格好をした方がいいのか？　とハッとする。

でも、それで相手に気を持たせるのは本意じゃない。いや、もちろんそれなりに服装には気を遣うけれど、必要以上にすることはない、ってことで。

——やめとこ。いつも通りでいいや。

いつもしているように髪は襟足で緩く一つにして、シュシュでまとめた。服はさらっとした素材のタックパンツ。

「よし、行ってきます」

誰もいないのに、自分に言い聞かせるように声を出してから、部屋を出た。

先日汐見君とのメッセージのやりとりの後、三十分もしないうちにまたメッセージがきた。そこには、汐見君的に一番気に入っている鰻店の予約を済ませたと書かれており、仕事早っ、と声が出てしまった。

——さすが。できる感じするわあ……

とにもかくにも、汐見君が美味しいと思う店なら間違いないはず。告白されている相手と二人きりで食事って結構緊張するけど、鰻は楽しみだ。

なんてゲンキンな私……。と思いつつ、いつもより軽い足取りで最寄り駅に向かったのだった。

仕事を定時で終えた私は、汐見君と待ち合わせをした駅に向かっていた。

今日は定時で仕事を終える、と昼に彼からメッセージがあった。職場からの距離的におそらく彼の方が早く現地に到着しそうだったので、かなり急いだ。

――誘ってくれたのにあんまりお待たせするのも悪いし……急がなきゃ。

待ち合わせの駅に降り立ち、エスカレーターではなく階段を駆け上がった。上りきった後足がジンジン痛んだけど、そんなことに構うことなく汐見君の姿を探した。

「えっと……中央改札を出てすぐ右……」

息を切らせながら目的の場所に視線を送る。パッと見た感じ、汐見君らしき人の姿はない。

まだ来ていないならそれはそれでいい。呼吸を整えながら改札を抜けて、待ち合わせ場所に立つ。

彼が来るまでに髪を整える時間くらいあるかな、と。ポーチの中から鏡を取り出し、指で前髪を整える。背中の真ん中くらいまであるストレートの長い髪は、特に問題なさそう。

別に今夜はデートなんかじゃない。ただ食事をするだけだ。

そう自分に言い聞かせてはいるものの、どうしても昔、汐見君と付き合っていた頃の自分がひょっこり顔を出してしまい、変に気もそぞろになる。

――いや、告白の返事だってまだしてないのに、なんでこんなそわそわしてんの私……

パタン。と鏡を閉じてポーチにしまう。すると、少し距離のあるところから「衣奈！」と私の名を呼ぶ声が聞こえてきた。

反射的にそちらを見ると、人を避けつつ小走りでやってくる汐見君がいた。スーツのジャケットを翻しながら私の元に駆けてくる姿に、胸が小さくキュンとした。

――はっ。なに、キュン。て！

「ごっめん！　待った？」

「う、ううん！　私も今来たところなの」

「そっか、よかった」

さっきの私と比べたら、全っ然息が切れていない。それでも、少々汗ばんだ額に、ここまで急いで来てくれたことが見て取れて、嬉しくなった。

「そんなに急がなくてもよかったのに。汐見君の方が職場から近いでしょ？」

「ええ～。だって、やっぱ好きな子を待たせるよりは待つ方がいいからさ」

まあ、その気持ちはわかる。私も人を待たせるくらいなら、だいぶ早くても先に到着している方が気持ちが楽だ。

改めて汐見君と向き合い、お互いの顔を見つめる。数年の時を経て、こうやって待ち合わせをして一緒に食事に行くのが、なんだか不思議な感じがした。

だからか、なんでか笑ってしまう。

「ふふっ。変な感じ。また汐見君と待ち合わせしてるなんて」

「確かに。時間が戻ったみたいだね」

へへへ……と笑い合っている私達は、傍《はた》から見れば付き合いたてのカップルみたいな雰囲気を醸し出しているかもしれない。

なんだかこそばゆいな、などと思っていると、改札からこちらにまっすぐ向かってくる人の姿があった。避けようとしたら、その人が私達の前でピタリと足を止めた。

「汐見検事」

声をかけてきたのは、長身でパンツスーツを身に付けた女性だった。

私のように髪は襟足で一つ結びにしているけれど、私が緩くまとめているのに対しその女性はきっちり、後れ毛の一本もない。

その眼差《まなざ》しは鋭く、汐見君に注がれている。

「やけにお急ぎでどちらに行かれるのかと思ったら、お約束があったんですね」

ちらっと私に向けられたその目は、あまり好意的ではなかった。なんだか私を品定めしているようなその視線に、萎縮して体が強《こわ》ばる。

「ああ、村上《むらかみ》さん。お疲れ様です。村上さんもこの辺りに用事があったんですか」

「……ええ、友人と約束してまして……。あの、汐見検事。失礼ですがこちらの方は」

村上さんと呼ばれた女性が、私に体を向ける。自己紹介した方がいいのかな、と私が口を開こうとすると、なぜか汐見君が私に被《かぶ》さるように一歩前に出た。

「私の友人ですよ。今夜は彼女と食事の約束をしているんです」

きっぱりと笑顔で言い切った汐見君に、女性が少し怯んだ。

「そ、そうだったんですね。……お急ぎのところ呼び止めてしまい、申し訳ありませんでした」

女性がハッとし、慌てて汐見君に頭を下げた。

「いえ。では、私達はこれで。お疲れ様でした」

私の背中に手を添え、汐見君が踵《きびす》を返す。

「お疲れ様でした……」

えっ、いいの？　とこちらがおろおろしていたら、背後から遠慮がちな声が聞こえてきた。

今のやりとりを見ていると、この二人の力関係が見えてくる。

——年齢的には同じくらいに見えるけど、汐見君の方が立場が上なのかな……？

「汐見君？　あの……いいの？　職場の方だよね？　なにか用があったんじゃ……」

未だに腰に手を添えられつつ、まっすぐ駅の出口に向かう汐見君に問いかける。

「大丈夫。仕事はきっちり片付けて出てきたから用はないはず。万が一あったとしても、今日はもう業務時間外だから」

彼は淡々と答えるけれど、あの人が声をかけてきたのって仕事に関する用事があったから、とは限らないような気がする。

駅を出てすぐの横断歩道にさしかかり、赤信号で足を止めた。心なしかさっきの人から早く離れたがっているような汐見君の行動に、これはなにかあるなと女の勘が騒ぐ。

「汐見君さあ……さっきの人って……」

「村上明菜《あきな》さんっていって、検察事務官」

検察事務官って、検事のサポートとかする人のことだよね、確か。

「そうなんだ……。すごく仕事ができそうな感じだったね」

同意したら、隣からふっ、と笑いが漏れる。

「できるできる。だからかしらないけど、まー厳しくって。俺、検事としてはまだ若造だし経験も浅いからさ、あの人にとっては頼りないのかもね」

「ええ、そう？　汐見君どう考えても仕事できそうなんだけど」

「その辺りはあの人に聞いた事がないからわかんないけど。それより、衣奈はさっきの村上さんが気になるの？」

気になるかどうかを問われて、ドキッとする私って一体。

「いやあの……気になるとかじゃないんだけど、なんていうかその……さっきの人、私を見る目が厳しかったなあって。あ、もちろん私の気のせいかもしれないんだけど」

「そうだね、衣奈のこと品定めするような目で見てたね。それで俺、ちょっとイラついたんだけど」

「えっ……」

汐見君もあの視線にしっかり気がついていたのか。

「俺が好きな衣奈に対してあれは失礼だろ？　あっちが勝手に追っかけてきたくせに」

珍しい。

汐見君がこんなに怒りを口にするのは、初めて見たかもしれない。

驚きつつ、赤信号が青になったので歩き出す。

「汐見君でも怒ることあるんだ」

私が意外そうに言ったら、それが信じられない、という顔をされた。

「え。そりゃ怒ることなんかザラにあるよ。この仕事しているといろんな犯罪を犯した人と対面するし、正直言って言動にめちゃくちゃキレそうになって、机をひっくり返しながら怒鳴りたくなるような人もいる。でも、耐えるけどね。それも修行だから」

「そ、そうか。そうだよね。なんていうか、私と一緒にいるときは汐見君、いつも穏やかだったから。そのイメージしかなくて」

思ったことを素直に伝えたら、汐見君が困ったような、複雑そうな顔をした。

「そりゃ、好きな子には良いイメージを持ってもらいたいし？　衣奈だって、俺がバチバチに怒ってる姿を見たらきっと引くと思う」

「……そういうもんかな。でも、私のために怒ってくれてるとか、愛を感じる怒りなら問題ないと思うけどね」

「愛のある怒りか。なるほど、確かに。衣奈が俺の為《ため》に怒ってくれているのを想像するのは、悪くないいね」

彼がにっこり微笑む。

こういうの、反応に困るんだけど。

「汐見君のことを言ってるんであって、私のことは……」

「店、そこだよ」

私の目の前にひょいっと彼の手が出てきた。話に夢中になっていたせいで、店がすぐ近くにあることに気がついていなかった。

「え、あ、ここなんだ」

「予約の時間も近いし、いいか。行くか」

なぜか汐見君に手を掴まれた。なんだ？　と思っていると、あっという間に手を繋がれていて、私達は手を繋いで店内に入っていくことになってしまう。

——エッ……!!　なんで手、繋いで……

「予約した汐見です」

「お待ちしておりました、ご来店ありがとうございます、どうぞ〜!!」

年配の女性店員さんに誘導され、奥の座敷席についた。靴を脱いで上がり、四人くらいは座れる大きめのテーブルに、二人で向かい合って座った。

事前にもらってあった店の情報で、かなり歴史のある店だということは知っていた。実際こうやって店内に入ってみると、建物は結構年季が入っている。でも掃除が行き届いているので清潔感はばっちりだし、使用している家具との相性もよく、いい感じに和モダンな空間に仕上がっていた。

建物が素敵。でも、今私は店に入ったときからずーっと鼻を刺激する鰻が焼ける香ばしい匂いにやられている。

——やっっっっぱ……!!　いい匂いすぎる……!!

さっきまで事務官の村上さんのことばかり気になっていたのに、すっかり村上さんのことなどどこかに消えた。

すぐお茶とお手拭きを持ってきてくれた店員さんに、うな重を注文した。あろうことか、汐見君が「特上で」と付け加えたとき、息が止まりそうになった。

「なっ……なぜ、特上を……!!」

「え、だってせっかく食べるなら美味いの食べたいでしょ？　今日は俺の奢《おご》りだから気にしないで。俺が、特上を食べたいだけだから」

言い方がうまい。

そんな言い方をされたら、ありがとうございますしか言えなくなる。

——汐見君って、ほんと……

「優しいね、汐見君。ありがとう、ごちになります」

テーブルに頭がくっつきそうなほど、深々と頭を下げた。

「いえいえ、どういたしまして。しかし、いい匂いだよね。鰻ってほんと匂いにやられる」

お手拭きで手を拭きながら、汐見君が唸る。

「汐見君も？　私も店に入ってからすぐやられてる。めっちゃ食欲そそるよね……お腹空いた……」

「外食で鰻ってあんまり食べに行かないの？　ほら、昔は学生だから我慢してたけど、今は社会人だろ？　食べようと思えばいつでも行けるし」

手を拭き終え、お茶の入った湯呑《ゆの》みを持ちながら、いやいやと頭を振った。

「行くったって、年に一回か二回だよ。一人で行くのも気が引けるから、いつも友達誘って行くの。私の友達で鰻が好きな子ってその子だけでね。他は、食べられなくもないけど、鰻を食べるならホテルのビュッフェがいいとか、そういう子が多くて」

私の周りの鰻事情を話すと、汐見君が目を丸くする。

「いやいや、ホテルのビュッフェと鰻は全然違うでしょう」

「そうなんだけど、鰻は一種類でしょ？　でもビュッフェは何種類もの料理が食べられるじゃない。そこがどうもね……って、もちろんこれは私の友達がそう思ってるだけかもだけど。言われるとちょっと確かにって思って、最終的にビュッフェ選んじゃったりね」

私と友達の会話を想定してか、話を聞いている最中の汐見君は笑顔だ。

「そうか。そう言われちゃうと、確かに選択肢が多い方が魅力的に映るかもね」

「汐見君は？　選択肢の多さに惹かれたりしない？」

「選択肢が多いだけでは選ばないかな。やっぱり食べたいものがあればそれを食べたいし。俺は、浮気はしないタイプだから」

浮気という単語に、ん？　となり汐見君を見る。あくまで食事の話をしているだけなのに、どうしてもそれだけとは思えなかった。

——そうか、浮気はしないタイプなんだ。……そっか……

好きだと言われている身としては、そこを気にせずにはいられない。

「し……汐見君さあ……」

「うん？」

「なんでもない……」

感情に任せて変なことを口走ってもな。と思ったので、やめた。

「鰻、楽しみだね」

「本当に衣奈は鰻好きだなあ。こんなんで喜んでくれるなら、毎日だって食べさせてあげたくなる」

「さすがに毎日はキツいよ……」

ポツポツ仕事の話をしてお茶を飲むなりしながら、鰻が出てくるのを今か今かと待つ。そしてついに待望のそのときがやってきた。

「うわあああああ……!!」

お重に入った蒲焼《かばや》きは、タレを身に纏《まと》ってキラキラと輝いている。ご飯にもしっかりとタレがかかり、そのビジュアルだけで唾液が分泌される。

「では、いただきます！」

「いただきます」

タイミングを合わせて手を合わせ、箸を手にする。

まず肝吸いを一口。美味しい。これだけでもうため息が出る。そしてお楽しみの蒲焼きに箸を入れた。

身は柔らかく、ふっくらしている。箸で綺麗にカットした鰻の蒲焼きを、タレのかかったご飯と一緒に口に運んだ。

その瞬間、私に幸福が訪れた。

「～～～～～っっっ!!」

無言で手を震わせ、何度も頷く。そんな私を前にして、汐見君がたまらず噴き出した。

「っ、は！　ちょっと衣奈!!　そんなに美味しい？」

「すごく美味しい～～～～!!　言葉にならないくらいの美味しさだよ……!!」

本当に美味しくて美味しくて、涙が出そう。

「あー、仕事頑張ってよかったなあ、って今感動してる。といっても今日は汐見君にご馳走《ちそう》してもらってるけど」

甘辛いタレもちょうどいい。柔らかい鰻と、タレと、美味しいご飯が見事に調和している素晴らしいうな重だ。

——あー、幸せ。汐見君と二人きりだからどうなることかと思ったけど、来てよかったなあ……

なんてわかりやすい私。でも鰻だけは無理。やっぱり好物には勝てないの。

味わいながら黙々と食べ進める。途中、汐見君が他の店の鰻はこんな感じだったとか、あの店の鰻はもっとこうで、といった鰻屋さんに関する情報をたくさんくれた。でも、ほぼ耳から耳へスルーだった。だって、味わっているときはあまり入ってこないから。

「……また美味しい鰻屋、探しておくよ。一緒に行こう」

「え、あ、う……ん……」

「わかりやすく困ってるね」

汐見君が苦笑する。

笑ってもらえるのはこっちも多少は気が楽だけど、どこか申し訳なさはつきまとう。

「だって私まだ、汐見君に返事してないから……」

「そんなの気にしなくていいよ。とにかく俺は、衣奈しか誘わないから」

箸を持つ手がビクッと震えてしまった。

「一緒に飯食ってて幸せを感じるのは、衣奈だけだよ」

「ちょ、し……汐見君！　誰が聞いてるかわかんないんだから……」

私達がこの店に入ってから、もう三十分以上が経過している。その間に、何組かのお客様が入店しているし、私達がいる座敷の衝立《ついたて》の後ろにもお客様がいる。

周りが気になって彼を窘《たしな》めたら、ごめんと言って笑っていたけれど。本当に悪いと思っているかは、不明だ。

ドキドキしながらも綺麗にうな重を食べ終えた。肝吸いも綺麗に食べて、超満腹である。

「美味しかった……これでしばらく頑張れます。本当にご馳走様でした」

何度目かのお礼をし、汐見君がはいはい、と笑う。本当に私に鰻を奢るのが嬉しいようなその顔に、なんとも言えない気持ちになる。

会計を済ませて店を出て、来たときよりも格段にひんやりとした夜風に当たる。

「気持ちいい……」

「うん、気持ちいいね」

汐見君が私のすぐ横に立った。別れてから数年を経て、すっかり大人になった汐見君は以前に比べて精悍《せいかん》さが増した。鼻筋の通った美しい横顔に、思わず見とれそうになる。

——格好いいな……こうしてると、好きだったときのことを思い出しちゃうよね……

あの頃、すごく好きだった。そんな人に今でも好きだと言われて、案の定気持ちは揺れ動いた。

久しぶりに恋愛したい。学生のときみたいなときめきがほしい、と願う自分は、間違いなくいる。

それでも私がこの人の胸に飛び込めないのは、数年前この人を振ったのは何を隠そう私なのだという、負い目。

振ったくせに。一時的かもしれないけど、この人を悲しませたくせに。それなのに、また告白されたからってあっさりOKするなんて、いくらなんでも調子がよすぎないか。

そんな自分がどこか後ろめたくて、恥ずかしい。だから彼の好意をすんなり受け入れることができないでいる。

「衣奈、このあと時間あるならどこかで話さない？」

「ん？　あ、うん……いいけど」

明日は仕事も休みだし、時間はある。それはいいとして、どこかとはどこか。

「カフェか、酒でも飲みながらとか？　どっちがいい？」

汐見君に二択を迫られ、頭が真っ白になる。

――カフェ……でもいいけど、しらふだと頭が回らないかも。それなら多少アルコールが入った方が喋りやすいかな。

私がお酒を選ぶと、汐見君がオッケーと言って駅に向かって歩き出した。彼の中では、私の選択次第でどこに行くかがすでに決まっていたらしい。

「こっちに戻ってきてすぐ、知り合いに教えてもらった店があるんだ。雰囲気もよかったしどうかと思って」

そこは駅の前にある大通りから脇道に入ったところにあった。周りに居酒屋やバーなどが多く、大人の街といった印象のテナントビルの地下一階。木製のドアを開けて中に入る。

「こんばんは」

汐見君がカウンターの中にいる男性に声をかけると、いらっしゃいという返事が返ってきた。

「お好きなところにどうぞ」

そこは五、六人が座れるカウンターと二人掛けのテーブル席がいくつかあるだけのこぢんまりしたバーだった。黒いテーブルと椅子や、カウンター周辺も黒で統一されていて、とてもシックである。

——わ、おっしゃれ。

こういうところって、お客さんもお洒落《しゃれ》に見えるから不思議。

カウンターはすでに半分くらいの席が埋まっていたので、私達はカウンターから距離があるテーブル席についた。

「素敵な店だね」

「そうだね。カウンターにいるのがマスター。彼がすべてのカクテルを作ってる」

「カクテルかあ……いいね」

女子で飲みに行くと、なんというか雰囲気よりも喋りやすさ重視で店を選んでいて、こういった趣のある大人のバーはあまり選択肢になかった。

テーブルに置かれていたメニューを見ながらどれにするかを考える。モスコミュールやマティーニなどの名前が知られたカクテルのほかに、あまり見慣れない名前のカクテルがいくつかある。

その中で私が惹かれたのは、ブレイン・ヘモレージという名のカクテルだった。

「ブレイン……脳……？」

「ああ、それか。脳内出血っていう意味らしいんだけど。ビジュアルがそういう感じだから」

どんなビジュアルよ、と思ってスマホでネット検索してみた。出てきた画像を見て、なるほどと思った。

「そして、甘いのね……」

甘いものをあまり求めていなかったので、ここは無難なジントニックにした。汐見君はウォッカ・マティーニ。

――汐見君、結構アルコール強いのいくのね……

「汐見君ってアルコール強かったっけ」

「特別強かったわけでもないけど、当時所属してた地検の先輩に鍛えられたな。昔はそうそう飲めなかったけど、今は結構いける」

「じゃあ結構飲むの？」

「普段は飲まない。家飲みはしないから歓送迎会とか、そういうときだけ」

そういやこの前は汐見君が主役の歓迎会だったんだっけね。

「新しい職場はもう慣れた？」

「ん？　ああ、今の地検？　そうだね、まあそれなりに。今はパワハラとかにうるさいから、先輩達も皆親切だしね。といっても、中にはそういった気質が治らない人もたまにいるけど」

「いるんだ」

いないかと思っていたので、普通に驚いた。そんな私に、汐見君がテーブルで腕を組みながら、少し身を乗り出した。

「そりゃいるよ。元々の性格だろうからね。しかももうある程度の年齢に達してしまうと無理でしょ。周りも諦めてるけどね」

「そ、そっか……どこにでもいるのね」

ここで注文したカクテルがそれぞれの前に置かれた。手に持って、軽く掲げて「乾杯」をした。

ジントニックにライムを搾り、口に含んだ。ジンのスッキリした味わいとライムの清涼感が好きだ。

「ん。うま」

ウォッカ・マティーニを少し口に含み、汐見君が微笑む。アルコール度数の高いあのカクテルを一気飲みしたら大変なことになりそうだな、などとぼんやり思う。

「そんなにアルコール高いの飲んで大丈夫？　倒れたりしない？」

「しないよ。……いや、倒れたら衣奈が介抱してくれるのかな」

「汐見君をおぶったりできないんだけど……」

クスッ、と彼が笑う。

「運ばなくていいって。傍にいてくれたらそれでいい」

汐見君は、いちいち私がときめくようなことを言うな。

照れ隠しでジントニックをぐいっと呷る。

「衣奈、結構いくな」

「……いくな、って。汐見君のせいでしょ。また付き合いたいとか、傍にいてくれたらいいとか、そういうことばっかり言うから……」

口元を軽く指で拭うと、汐見君がその動作をじっと見ていることに気付く。

「仕方ないだろ。本当にそう思ってるから」

また胸がキュンとする。同時にお酒のせいなのかなんなのかわからないドキドキが生まれて、体が熱くなってきた。

「あんまり困らせないでほしいんだけど……」

「俺としてはもっと意識してもらいたいんで、困ってくれるならそれはそれで嬉しいな」

無関心でいられる方がつらい、と呟く汐見君に、それはないと秒で反応する。

「そんな、無関心でなんかいられるわけないじゃない。……今でも好きって言ってもらえるのは、やっぱり嬉しいし……」

「嬉しいって思うなら付き合ってほしいんだけど」

ああ、直球。

本当にこの人って、この人って……と、言葉にならないもどかしさを感じる。

「だから、この前も言ったけど……今から付き合うとなると結婚のことも考えるじゃない」

「もちろん承知してる。結婚したいと思ってる」

「ああ、だからその……」

何か言えば、それに対しての直球すぎる答えが返ってくる。

私の語彙力《ごいりょく》と頭の回転では、汐見君を言い負かすことはできない。

まいったな、と文字通り頭を抱えた私に、汐見君が優しい口調で問いかける。

「何が不安？」

「えっ……」

「衣奈が俺との交際に踏み切れない理由は何？　教えてくれないかな」

まっすぐに見つめられると、嘘をつく気も失《う》せる。本当のことを話すしかない。

「……そうだなあ、なんていうか……大学のとき、こっちから別れてほしいってお願いしたじゃない？　汐見君は別れたくないって言ってくれたけど……」

「うん、言ったね」

「少なからず汐見君を傷つけたのは事実でしょ？　それなのにまだ好きだって言ってくれるのが、嬉しいけどなんか申し訳ないというか……」

言いにくさＭＡＸ。汐見君の顔を見られず、グラスを持つ手元を見ながら白状した。

なのに。

「傷ついてなんかいないけど」

「…………え？」

すぐさま顔を上げて汐見君を見る。

「あのときはそうするのが最善だと、衣奈が決めたなら俺は従うまでだよ。もちろん別れてくれと言われて少し辛かったけど、君が俺の将来を考えてくれていたっていう事実に感動したし、もっともっと衣奈が好きになった。だって、普通どうでもいい奴《やつ》の将来なんか考えもしないだろ？」

少し早口で当時の気持ちを教えてくれた汐見君に頭が追いつかない。

「えっ、え？」

「考えてみて。もし、嫌いなヤツなら、そいつが就職試験に落ちようが、司法試験に受かろうがどうでもいいはず。なのに、衣奈は俺の邪魔をしたくない、自分と一緒にいると俺が試験より自分を優先してしまう、それは困ると言ってくれた。普通、女性は自分を優先されると喜ぶのに、衣奈は違った。……もう、たまらなかった。なんていい子なんだろうって感動した」

――へっ。なんか、勝手に私の評価が爆上がりしてるんだけど……!!

ありがたいことだけど、私はそこまで良い人間なんかじゃない。

黙っているのが心苦しくて、我慢できなかった。

「違うの！　私、そこまで良い人じゃないって……！　本当はあのとき、就活がうまくいかなくて。そんな状況の中で順調に試験勉強をして、間違いなく受かるって言われてた汐見君を見てるのがキツかったの。そんな汐見君と付き合ってるのが私でいいのかな、っていう葛藤もあったし……」

「就活がうまくいってないのは衣奈、話してくれたよね。気になってたよ。もっと衣奈の力になりたかったけど、衣奈は俺に試験勉強をしてほしそうだったから、敢《あ》えて何も言わないようにしてた」

　バレバレでした……

「なんか、ごめんね？　汐見君にはなんでもお見通しだったね」

　汐見君がふっ、と微笑む。

「そうでもないよ。まさか別れてくれって言われるとは思わなくて、本当はとことん別れたくないって縋《すが》りたかった。でも、そんなのみっともないだろ？　だから君の意志を受け入れようって決めたんだ。でも、結局俺の気持ちは変わらなかったけどね」

　ウォッカ・マティーニに口をつけている汐見君を見つめる。

　グラスを持ってカクテルを飲む仕草がめちゃくちゃ絵になるこの人は、なぜこんなに私のことが好きなのだろう。

「話、戻るけど」

「えっ？」

　汐見君がグラスを置き、テーブルの上で腕を組み、身を乗り出してくる。

「傷ついてなんかいないから。だから、君は俺を傷つけてないし、そんな理由で俺と付き合えないというのは納得いかない。だから諦めない」

　やけに説得力のある言い方に、汐見君を見つめたまま微動だにできない。

「あの……」

「それに、衣奈は物事をいろいろ考えすぎなんだよ。俺のこともそうだけど、仕事のことも」

「え？」

恋愛の話から仕事の話に移り、少し緊張が解けた。

「この前いろいろ経験してからでも……って話はしたけど、別にやりたいことが定まってなくてもいいんじゃないかなって思う。俺はね」

「……そういうもん？」

反射的に訊き返すと、汐見君がグラスを傾けながら苦笑する。

「だって、どんなにあの仕事に就きたいって願っても、実際なってみたら全然向いてなかったなんてこと割とあるからね。俺も予備試験受けて司法試験受けて一年間司法修習生やって……ってプロセスを経て五年近くこの仕事やってるけど、未だに向いてるのかなって思うこと、あるよ」

「ええっ!!　し……汐見君でもそんなこと思うの？」

驚きすぎてシャキッと背筋が伸びる。

「思う思う。俺の職場って、できる人はほんっとうにすごいからさ……。そういう人を見てると、たまに俺、道間違えたかなってなる」

「……汐見君でもそうなるなら、自分の天職がなにかなんてそう簡単にわかるもんじゃないのかもね……」

はあ……とため息をつきカクテルを呷った。

「そうそう。どうしてもこの職種じゃなきゃ嫌だ、っていうならまだしも、見つからないなら条件が合うところでいいんじゃないかな。この前のかなみさん？　だっけ。あの人の店で働くのだってありだと思うよ」

言われてすぐ、かなみとご両親が経営する店が浮かんだ。

確かにあの店の雰囲気は好きだ。それにマスターが淹れるコーヒーは美味しいし、かなみのお母さんが作るホットケーキは昔懐かしい味がする。あの味は、ずっと守っていってほしい。かなみ一人では大変だというなら、私が手伝いたいとも思うようになってきた。

「うん……。少し前向きに考えてみようかな、かなみの店で働くこと」

「いいと思う。それに、あの店に衣奈がいるなら、多分俺通うと思う。へたすると毎日」

本気なのか冗談なのかわからない汐見君に、あはっ、と笑ってしまう。

「毎日は来すぎでしょ」

軽く突っ込んだら、汐見君も「そうか」と笑ってくれた。

そうそう、付き合っていたときもこんな感じだった。私が疑問に思ったことに的確なアドバイスをくれて、ふざけて、二人で笑い合う。

まるであの頃に戻ったみたいな気分だった。

――って、私、汐見君にまだ返事してないのに……完全に汐見君の好意に甘えているし、調子いいな私。

自己嫌悪に陥って、残っていたジンライムを一気飲みした。グラス越しに目を見開いている汐見君が見えた。

「衣奈？　一気飲みなんかして大丈夫？」

「……なんていうか、飲みたい気分だったの。おかわり注文しようかな」

メニューに手を伸ばそうとすると、なぜか目の前からメニューがひょいっと取られてしまう。

「え」

「やめときなって。衣奈、酒が強いわけじゃないよね。いつも友達との飲み会に迎えに行くと、顔真っ赤にしてベンチで寝落ちそうになってたし」

過去の醜態を思い出し、何も言い返せない。

「そ、そうなんだけど……。でも、せっかく来たんだしもう一杯くらい飲んでみたいなって」

お願い、と目で訴えたら、渋々首を縦に振ってくれた。

「じゃあ、度数低いヤツを一杯だけなら」

彼と一緒にメニューを眺め、ミモザをオーダーした。シャンパンとオレンジジュースでできているカクテルで、味は甘い。アルコールは汐見君が「弱めで」と付け加えたので、あまり感じない。……いや、私が酔っているからあまり感じないだけなのかな。

ちびちび飲んでいたつもりなのに、フルートグラスはあっという間に空になった。だからだろうか、目の前で汐見君が頭を手で押さえていた。

「もー、もっとゆっくり飲めばいいのに……」

ごめんと謝ったつもりだけど、多分私は酔っ払っていてその辺りの記憶が定かじゃない。気がついたらいつの間にか汐見君が会計を済ませていて、店を出て夜風に当たりながら駅に向かっていた。

「全くもう……油断も隙もないな、衣奈は」

「ごめんね、酔っ払いで」

体が火照っているので冷たい風が最高に気持ちいい。それに汐見君が隣にいるせいでさっきから胸がドキドキしてる。

――このまま帰りたくないって思ってしまう私は、なんなのか……

まだ関係に答えを出してないのに。早く出さないといけないのに。

しばらく無言で歩いていたら、汐見君が心配したのか顔を覗き込んできた。

「どうしたの。もしかして、具合悪いとか」

「具合は悪くない……から、大丈夫……」

「具合は、悪くないって。じゃあ他になにかあるの？」

汐見君が私の手を掴み、歩みを止めた。

じっと私の目を見つめる汐見君は、私の表情から必死になにかを読み取ろうとしている。これ、帰りたくないって思ってるの、バレちゃうかな……

それにしても、あまりにも汐見君がじっと見てくるので、だんだん怖くなってきた。じりじりと後ずさり彼から距離を取ろうとしたら、腰に手を回され阻止されてしまう。

「なんで逃げようとするの」

「いやっ、逃げようとしたわけじゃないんだ……けど……」

喋ってる途中くらいから汐見君の目に熱がこもり始めた。あっ、と思う間もなく彼の顔が勢いよく迫ってきて、キスされてしまう。

「！」

ここは駅に向かう歩道の端っこ。人はまばらだけど、さすがにこんなところではまずいと思い、弾かれたようにすぐ離れた。

触れるだけの短いキスだった。唇の感触は昔と一緒だ。触れた瞬間に時間が巻き戻ったような不思議な感覚に陥った。

「ごめん、いきなり」

謝られてハッとする。

「なんで謝るの」

「だって、承諾もなしにキスなんかしたら、今は訴えられる時代だし」

「……ぷっ」

さすが検事、真っ先に考えるのはそこなんだ。

そう思ったら笑いがこみ上げてきて、ツボってしまった。

「ふふっ、訴えたりなんかしないよ」

「本当？　よかった」

わかりやすく安堵する汐見君を見つめる。

笑ったときに目尻が下がるのも、口角が綺麗に上がるところも、昔と変わらず愛《いと》しいと感じてしまう。

——なんか……やばいな、私……

頭を押さえて無言で立ち尽くす。

「衣奈、大丈夫？　酔った？」

汐見君の手が腰に回り、私の体を支えてくれる。手から伝わるその温《ぬく》もりに、いけないと思いつつ甘えたくなってしまう。

「酔った……かもしれない……」

ベタすぎる、と恥ずかしくなる自分と、ベタでもいいじゃないか、甘えちゃえよ。という自分が私の中でせめぎ合っている。

汐見君はこれにどんな反応をするのだろう。彼を見上げたら、真顔で私を見下ろしていた。その目を見ればわかる。彼も私を求めていると。

「衣奈」

少し低めの声で名前を呼ばれて、ビクッとする。

「な、なに……？」

「衣奈を抱きたい」

きっぱり言われて、口を開けたまま固まった。

「もちろん嫌なら断って。君が嫌なら諦めるから」

「わ……私、は……」

目が泳ぐ。嫌なら嫌だと言えば済む話なのに、なぜか嫌と言えない。それは、少なくとも今の私は、汐見君に抱かれたいと思っているからだ。

「嫌じゃないの？」

彼に言われて、かあっと顔が熱くなった。でも、嘘はつけない。

「嫌じゃないよ……」

言ってから汐見君を見る。さっきまで真顔だった彼の顔が、少し紅潮しているのがわかる。そして、腰に置かれた彼の手に少し力が籠もった。かと思ったら、汐見君が私の腰をグッと自分の方へ力強く引き寄せた。

「……行こう」

「えっ……！　どこに……」

「衣奈を抱けるならどこでもいい」

小声でこう言ったあと、汐見君が私の手を引き足早に歩き出した。

もちろんそれを引き留めはしない。私は黙って彼についていった。

タクシーに乗り込み、汐見君が運転手さんに地名と、目印になるであろう建物の名を伝えた。

思いっきり住宅街の地名だったので、行き先に全く心当たりがない。

「どこに行くの？」

汐見君がちらっと私を見た。

「俺の家」

――えっ!!

「家って……汐見君の実家!?」

「いや、今住んでるとこ。狭くて申し訳ないんだけど」

――か……彼の部屋……

それを聞いてなぜかドキドキが増す。

付き合ってないのにいいのかな。早まったんじゃないか、などと後悔が頭の中をぐるぐるしている。でも、ここまできたらもう戻れない……いや、戻れるな？

――でも……私、やっぱり汐見君に抱かれたい……

今なら酒に酔ったせいだって言い訳ができる。だったら、全力でそれに乗っかりたかった。

人生で一回くらい酒でやらかしたっていい。その相手が汐見君なら後悔はない。

腹が決まった私は、考えるのをやめた。さっきからずっと手を繋いでいる汐見君の温もりだけを感じるようにしていること十数分。タクシーが目的地に到着した。

汐見君がキャッシュレスで決済し、一緒に車を降りた。彼が向かう先にあるのは、五階建てのマンションだ。見た感じ、ものすごく高級感が漂っている。

――あれ？　狭くて申し訳ないって言ってなかったっけ……

この感じだとどう考えても狭くないのでは、と思いながら彼の後に続く。自動ドアを何枚か抜けてエレベーターに乗り込んだ。汐見君が押したボタンは五階を表示している。

「さっき俺の家って言ったけど、正確には兄の持ち物なんだ」

「あ。今海外にいるっていう……？」

「そう。兄が投資目的で購入した物件の一つで、俺がこっちに戻るって言ったら管理を兼ねて住んでいいよって言われて。ありがたく住まわせてもらってる」

「そうだったんだ……素敵なマンションだね」

こんなすごいとこ所有してるお兄さんって……。もう、それだけですごいんですけど。

心の中で苦笑していると、エレベーターが五階に到着した。廊下を進んでいき突き当たりの部屋の前で彼が足を止め、ドアを開けた。

「どうぞ、入って」

「は、はい。お邪魔します……」

玄関の三和土《たたき》に靴は置かれていない。すっきりしてるな、なんて思って足下に視線を落としていたら、背後から抱きしめられた。

「……衣奈」

肩にコテンと汐見君の額が乗る。そっちに視線を送ろうとすると、柔らかな彼の髪が頬に触れ、同時に彼の香りであてられそうになる。

「どうしたの……」

「もう我慢できない……抱きたい」

はっきり言われて、お腹の奥がキュッと疼《うず》く。

——私も……汐見君に抱かれたい……

なんならそのつもりで来てるし。ここまで来たらもう、心のままに行動する。

お腹に回された汐見君の手に、自分の手を重ねた
「いいよ。……私も、そのつもりで来てるし。……だ……抱いて、ほしい……」

思いを口にしたら、汐見君の体がビクッと震えた。すぐに肩から顔を上げた彼が、私の体を反転させ向かい合う格好になる。

抱いてほしい、だなんて恥ずかしいことを口にしてしまった。恥ずかしさの極地で彼の目を見られずにいると、いきなり強く抱きしめられすぐに口づけられた。

「……ん……っ」

押しつけられた唇の隙間から、すぐに肉厚な舌が滑り込んできた。口の中を蹂躙《じゅうりん》する彼の舌に自分のそれを絡めてどうにか応戦する。それでも、圧倒的にスキル不足の自分ではこれが精一杯。

だんだん呼吸と体勢がきつくなってきて、背中を反らせながら、汐見君の胸を掌で叩《たた》いた。

「……っ、ごめん」

「あ、謝らなくてもいいけど……ごめん、私、下手……」

申し訳なくて半泣きになる。でも、なぜか汐見君は嬉しそうに笑っていた。

「そんなことないって。というか、俺は拙《つたな》い衣奈にすごく萌《も》えてる」

――それは、どういう……？

疑問に思うけれど、これに対しての答えは返ってこなかった。汐見君は私の手を引きリビングへ行き、リビング内にあった引き戸を開けた。そこは和室になっていて、畳の上にはきっちり畳まれた布団が一式置かれていた。

――布団、だあ……

彼は手際よくその布団を敷くと、その上に腰を下ろした。

「布団狭くてごめん」

「さっき狭いって言ったの、布団のことだったの？」

真顔で訊ねたら、汐見君がぶっ、と噴き出した。

「違うけど。でも、結果的にそういうことになるね」

二人で顔を見合わせ笑う。

布団の狭さなんか気にならないほどに、今はこの人と一つになりたかった。

「なんだって平気」

汐見君の胸に飛び込むように抱きつくと、彼がそれを受け止め唇を合わせにくる。後頭部をがっちり押さえられながら、そのまま布団に倒れ込む。

私が仰向《あおむ》けになり彼が私の上になる。我を忘れて彼にしがみつきながら、噛《か》みつくようなキスを繰り返す。

「……んっ、はぁっ……」

隙間で呼吸をしながら、追いかけてくる汐見君の唇にまた自分のそれを重ねた。唾液が絡まり合って淫らな音を立てるけれど、お互いに興奮しているので全く気にならない。

それともお酒が入っているからなのか。だとしたら、お酒の力ってすごい。

――あ……

キスをしながらも、汐見君の手は乳房の上にあった。服の上から鷲《わし》づかみにされ、指の腹に力を入れつつ、ゆっくりと揉《も》み込《こ》んでくる。その際指の腹が乳首に触れ、びくっ、と腰が揺れてしまう。

「……もう服の上からでもわかるくらい、固くなってきてる」

言われるとかあっと顔が熱くなってくる。

「だ……だって……触るから……」

「うん、そうだね。……ここ、美味しそう」

白いボタンダウンシャツの上から、胸の辺りを指でなぞられる。乳首に触れそうで触れないそのもどかしさに、心臓の音が大きくなっていく。

「触るなら、触って……」

耐えられなくなり私からおねだりすると、汐見君が嬉しそうに微笑んだ。

「うん、じゃあ……外すね」

私の背中側に手を入れた汐見君は、服の上からブラジャーのホックを外した。パチ、という音と共に胸の圧迫感がなくなり、ブラジャーが胸の上に浮く。

彼は素早くシャツのボタンを外すと、胸を覆っていたブラジャーを胸の上からどけた。その途端さっきから自己主張しまくっている乳首がシャツの上からでもわかるようにぷくりと膨らんで、その位置を知らせてくる。

もちろん、彼がそれを見逃すはずはなく、すぐに指で愛撫《あいぶ》を始めた。

「ンッ……！」

触れられるとシャツに擦れるぶん、余計に快感が増した。

私がたまらずよがると、彼はよりいっそう愛撫に力を入れる。指で執拗《しつよう》に擦ったり、二本の指で摘まんで引っ張ったり。

それによって与えられる快感で、私の呼吸が荒くなり始めた。

「やん……し、汐見君……そこばっかり……」

「だって可愛いから。舐《な》めてもいい？」

「うん……」

彼から目を逸《そ》らしつつ頷くと、すぐに彼がシャツごと乳首を口に含んできた。それを服ごと吸い上げられて、たまらず背中が反った。

「あンっ……!!」

じゅ、じゅっ、という吸い上げる音がするたびに、艶《なま》めかしさで体が熱くなっていく。直接されるのももちろん気持ちはいいけれど、服の上からされるのはまた違う気持ちよさを私に運んでくる。

「あ……だめ、それっ……」

「だめなの？　気持ちよくない？」

胸元から上目使いでこちらを見てくる彼に、激しくときめく。この人にこんなことをされているなんて。それだけでじゅうぶんいけないことをしている気分になる。

「気持ち……いい……」

「じゃあやめてあげない」

素直になったらなったで、今度はもっと激しく吸い上げられた。吸い上げたあとは舌で何度も嬲《なぶ》られて、僅かばかり残っていた理性が吹っ飛びそうになる。

「ん……っ、あ、だめ、だめっ……」

首を横に振ってだめだと言っても、彼は一向にやめてくれない。

「はあ……衣奈、ヤバ……すっげえ可愛い……」

口元を拭いながら、汐見君が顔を上げる。でも、その間も乳首への愛撫は止めていない。指でキュッと摘まんでは放し、を繰り返して私に快感を与えてくる。

汐見君が片手でネクタイを緩め、外して布団の横に放ると、着ていたシャツのボタンを胸元まで外した。

ハアハアと呼吸を荒げながらその光景を見守っていたけれど、今夜の汐見君はセクシーさが半端ない。そんな彼を前にして、私が欲情せずにいられるわけがなかった。

――もっと触れてほしい……

仰向けになっている私に覆《おお》い被《かぶ》さるように、汐見君が上体を寝かせてきた。そんな彼の首に自分から腕を絡ませ、舌を出してキスをせがむ。

「ん」

あっさり受け入れた汐見君が舌を絡めてくる。口の中いっぱいの舌に翻弄され、だんだん思考が奪われていく。

ずっとこのままでもいいかも、なんて思い始めたとき。私のパンツのウエストからシャツを引き抜かれる。まだかかっていたボタンを全て外され、シャツの前身頃が左右に開かれた。すでにホックが外されているので、役目を果たしていないブラジャーが胸の上に乗っている。それを彼がどかすと、ふるりとした乳房が彼の眼前にまろび出る。

「衣奈、キレイだ」

そっと乳房に手を沿わす。まるで壊れ物を扱うかのように優しく触れてくる汐見君にこっちがドキドキする。

「……っ、前にも見たことあるのに……」

「そうだけど。でも、やっぱり直接、目のあたりにすると違う。めちゃくちゃ柔らかいし、白い……」

ふわっと両手で乳房を鷲づかみにされる。さっき服の上から触ったばかりなのに、直接触れるのは違うらしい。彼の息づかいが荒くなっていくのがわかるから。

「衣奈……好き」

乳房に顔を寄せた汐見君が、乳首を口に含む。はじめにちゅっと吸い上げたあと、舌の先端を使いチロチロと舐めたり、ツンと突いたり。

「ん、んんっ……あっ……」

舐められるたびに下腹部にじわりと快感が広がり、蜜口から蜜が溢《あふ》れ出《で》るのがわかる。

脚を擦り合わせてどうにか耐えるけれど、体が勝手に熱を帯び、呼吸が乱れる。

彼の愛撫が少しずつ私を淫らにしていく。

「あっ……ン……」

片方は舌で愛撫し、もう片方は掌全体を使って揉《も》み込んだり、指で転がしたり。これだけで全身から力が抜けて何も考えられなくなる。

頭がぼーっとしている中で、彼の手が私のパンツのウエストにかかったのがわかった。あっ、と思う間もなくホックが外され、パンツを脱がされた。下半身を覆うのはショーツのみ。そのショーツの中央、クロッチ部分に彼の手が触れる。

「……濡《ぬ》れてるね」

「や、やだ。言わなくていいから……」

「これもういらないね、脱いじゃおう」

言い終える前にショーツを脱がされた。いくら過去に見られたことのある相手とはいえ、やっぱり見られるのは恥ずかしかった。

両手で顔を隠している私に、汐見君がふっ、と吐息を漏らす。

「何、恥ずかしいの?」

「う……あっ……!」

言っているそばから、彼の指が秘裂に触れた。ビクッとしたら汐見君の顔に笑みが浮かぶ。

「すごい。もうぬるぬるだ」

「だから、言わないでって言ってるのに……っ、や、あ……！」

指で秘裂を下から上になぞられる。蜜口の中につぷっと指を差し込まれ、そのまま前後に動かされる。

「あ……っ……」

自分の中で指が動いている。その感覚にはっと息を吸い込んだまま固まってしまう。

彼は指を差し込んだだけでなく、動かしながら優しく膣壁を擦っていく。

——そうだった。この人、昔もセックスのときこんな感じで私を愛撫したっけ。

などと昔のことを思い返していると、襞《ひだ》の奥にある敏感な突起を掠《かす》め、お腹の奥がきゅうっと締まった。

「ここももうこんなに……」

こう言ったきり、彼が黙った。どうしたのかと思って彼を目で追うと、いきなり身を屈《かが》めて股間に顔を近づけていた。

「や、ま、待って……っ……ンンンっ!!」

指で襞を広げ、突起を剥《む》き出しにして舌で突いた。それだけで腰が跳ねるほどの快感に襲われた私に、彼は容赦なかった。舐めるだけでは飽き足らず、今度はそれを口に含んだり、強く吸い上げたりと激しい刺激を与えてくる。

触れられただけでもじっとしていられないような敏感な場所を、これでもかと執拗に責められて、呼吸もままならないくらい喘《あえ》いでしまう。

「い、あ……っ、は、あっ、だめえ、それ……！」

「だめじゃないよね。衣奈は昔からここをこうするの好きだったでしょう」

「好きだったって……そこで喋らないでっ……！」

股間で話されると、吐息が当たってまた子宮がきゅんとする。

――この人、わざとやってない……？

それよりもこの人、私とセックスしたのは何年も前なのに、今でもそのときのことをまだ覚えているのだろうか。

「こうするのが好きだったって……そんなことまだ覚えてたの……？」

汐見君が舐めるのを止め、顔を上げてこちらを見た。

「忘れるわけない。ていうか、何度も何度も思い返してたから」

「思い返し……？」

彼が立ち上がり、シャツを脱ぎ捨て半裸になった。そして私に背を向けると、寝室を出て行ってしまう。あれ？　と思っていたら、手にミネラルウォーターのペットボトルと、真新しい避妊具の箱を持ってきた。

まずペットボトルを私に差し出し、そのあと避妊具の箱を開け、中から正方形のパッケージを取り出した。それを間近で見ると、これからするんだという実感が湧いて、ますます緊張してしまう。

「どうしようか。もう挿《い》れちゃう？」

汐見君が悪戯《いたずら》に笑う。

「……い、いいよ。汐見君がいいなら……」

「俺は今すぐにでも挿れたいよ」

彼がスラックスのベルトを外し、チャックを下ろす。ボクサーパンツの中で窮屈そうにしている屹立《きつりつ》が目に入り、気がついたらいいよと口にしていた。

「挿れて。今すぐに」

こんなことを言ってしまった自分に驚く。そして、言われた汐見君も驚いた顔をしていた。でもすぐに精悍な表情を取り戻し、スラックスとパンツを脱ぎ捨てた。

「少し待って」

反り返った屹立に避妊具を被せる。根元まで覆うと、彼が私の脚を開き、間に体を割り込ませる。

蜜口に押し当てられた屹立の固さにドキッとした。でも、すぐに隘路《あいろ》を割って入ってきた彼のことで頭がいっぱいになった。

「衣奈……」

苦しそうな声と表情に、少し慌ててしまう。

「ごめん……!! き、きついのかな……」

「いや、そうじゃなくて……嬉しいとの気持ちいいのとで、もう気持ちがいっぱいで……」

「大丈夫？　苦しくない……？」

「ないよ。全然。すごく気持ちいい」

言いながら彼が体を私にピタリと密着させてきた。脇の下から手を差し込み、羽交い締めにするような格好で抱きしめられる。

まるで離さないと言わんばかりに、しっかりと。

「汐見君……」

「好きだ」

額をくっつけて、至近距離で見つめられる。

汐見君の美しいアーモンドアイを眺めていると、なんだか吸い込まれそう。なんて考えていたらそのアーモンドアイがだんだん近づいてきて、閉じたと同時に唇を塞がれる。

私の中にいる彼がどくんと脈打ち、質量が増した。

「んっ……」

舌を絡めながら声を上げたら、彼が少しずつ抽送を始めた。始めはゆっくりと、一度引き抜いた屹立を蜜口の辺りに擦りつけ、今度は奥を穿《うが》つ。

「あっ……!!」

奥を突かれると子宮がきゅんと疼く。ああそうだ、昔もこうだった。汐見君とセックスすると、いつもこんな感じで相性の良さを実感したっけ。

数年ぶりのこの感覚にゾクゾクした。

「ンッ……、あ……やばっ……」

抽送の速度は徐々に速まり、私から思考を奪う。開いていた足を閉じてみたり、私をうつ伏せにさせて背面から突いたり。体位を変えながら、彼は着実に私を絶頂へと誘った。

「……っ、も、もう……だめ、イく……っ」

「イキそう？　じゃあ、先に一度くらいイっちゃおうか」

独り言に近い私の呟きを彼はしっかり聞き取っていた。その結果、激しく腰を打ち付けられて呼吸すらままならない。

「あ、あ、……っ、だ、めえっ、いっ……く……!!」

「いいよ、イッて」

そんないい声で言わないで……と思っているうちに頭が白けてきて、お腹の奥にいる彼を締め上げながら達してしまった。

「イけた？」

「ん……」

ハアハアしながら天井を見つめる。私だけイッちゃって申し訳なかったな、なんて思っていたら、汐見君が腰をがっちり掴んだ。

「衣奈を気持ちよくできて嬉しいけど。俺もそろそろ限界」

よく見れば汐見君の表情には余裕がなかった。

いつもあんなに冷静沈着なこの人が、と。それだけで心が鷲づかみにされる。

体をぴったりと私に寄せてきた汐見君を抱きしめた。そして、自分から彼の頬や首筋に唇を押しつけた。

「いいよ……、して……」

「……っ、衣奈っ……！」

私を穿つ間隔が徐々に狭くなり、彼の口からは苦しげな吐息が漏れ出る。

「は……っ、ン、ンっ、んんっ……!!」

くる、と思ったのと彼が被膜越しに精を吐き出したのはほとんど一緒だった。ガクガクと体を揺らしたあと、私に覆い被さってきた汐見君の背に手を添えて撫《な》でる。

上体を起こした彼が私の中から屹立を抜き、避妊具の処理を済ませてまた戻ってきた。

すぐに私を抱きしめると、痛いくらいに抱きしめられた。

「衣奈、好き。大好きだ」

「汐見君……」

思わず私も、と言いかけた。

そもそも、好意がなかったらこんなことしない。それに実際に抱かれると汐見君からの愛をものすごく感じてしまった。

この人、本当に私のことが好きなんだ、と。

こんなに愛されているならじゃあ……という気にもなる。でも、私達の間……というか私にはまだ考えることがありすぎて、今ここで好きという気持ちを口にすることができなかった。

お酒の勢いで抱かれたいと思った。でも、酔いが覚めた今は、やってしまったという後悔の方が若干多かったかもしれない。

結局汐見君はこの夜何度か私を抱いた。抱かれている間は幸福でも、終わった後にほんの少しの罪悪感があって、複雑な気持ちのまま朝を迎えることになった。

「……ん……」

翌朝。目が覚めたら午前九時で、朝というには微妙な時間になっていた。

――九時……

いつもならスマホのアラームで目覚めるのだが、今は近くにスマホがない。近くにあったデジタル表示の置き時計で時刻がわかった。そしてこの部屋の主は汐見君だ。その彼は今、隣にいない。

――どこに行ったんだろう？

夜中は確かに一緒に布団の中にいて、ずっと抱き合っていた。朝方一度うっすら目が覚めたときは確かに隣にいたのに。

とりあえず、近くにまとめてあった服を身に付ける。

着替えている間よく考えたら、私達はこの部屋に到着するや否やすぐコトに及んでしまったので、それ以外のことを何もしていない。

――なんか……いい年して恥ずかしい……

少し反省しつつ和室の襖《ふすま》を開けた。すると、目の前にはソファーに座って新聞を読んでいる汐見君がいた。

「えっ……!?　い、いたの!?」

めちゃくちゃ静かだったから、てっきりいないと思い込んでいた。

本気で驚く私を前にして、汐見君が苦笑する。

「衣奈を一人残してどこかに行くわけないだろ。気持ちよさそうに寝てるからさ、起こさないように静かにしてただけだよ」

「気遣いはありがたいけど、起きてたなら起こしてくれればいいのに」

「今日は休みだし、眠りたいだけ寝ればいいって思ったんだ。でも、さすがに十時過ぎたら起こそうって思ってた」

「そ……そう……そっか……」

汐見君が座っているソファーの端っこに腰を下ろす。座った瞬間、ものすごく座り心地がよくてびっくりした。

「!? こ、このソファーすごいね。沈み込みが深くて気持ちいい」

「あー、兄のこだわりでね。あの人いい物買うから。それより衣奈、お腹空いたでしょう。なに食べる? って言ってもクロワッサンか食パンしかないけど」

汐見君がソファーから立ち上がる。そのまま私を見ずにキッチンに向かう。

「えっ……どっちがいいかな。クロワッサンがいいかな」

「了解～」

彼が朝食の準備をしている間、私は洗面所で身支度を調える。歯ブラシは彼が買い置きをくれた。

「いつ来てくれてもいいように、この歯ブラシはここに置いておくよ」

そう言って、彼は私が使った歯ブラシを洗面台にある歯ブラシホルダーに置いた。

――いつ来ても、って……また昨日の夜みたいなことがあるのかな……

思い返すだけで子宮が疼く。

あんな濃厚な夜をまたとか。体が保たないいんですけど。

顔を洗って髪を整えてから、リビングに戻った。私が戻ったのを確認してから、彼が冷凍庫から保存バッグに入っていたクロワッサンを取り出す。覆っていたラップを外し、そのクロワッサンにアルミホイルを乗せオーブントースターで焼き始める。

「クロワッサンや食パンを常備……ということはパン好きなの？」

「好きは好きだけど、パンばかり食べてるわけじゃないよ。忙しい朝とか、時間が無いときはパンで済ませたりするだけ。普段はちゃんと米も炊くし」

と言って近くにあった炊飯器を指さす。というか、このキッチン家電が多い。オーブンレンジ、オーブントースター、ちょっと大きめのジューサーに自動調理鍋……これ、私がずっと欲しかったヤツ。

「これ、汐見君が買ったの？」

「いや。ほぼ兄の。ジューサーだけ俺が買った。健康の為にスムージーでも作って飲もうかなって」

「そうなんだ。健康に気を使ってるんだね」

このジューサーも雑誌で見たことある。値段もなかなかする高機能の一品だ。

「まあね。そうでないとハードな仕事に耐えられないっていうか」

クロワッサンを温めつつ、彼がコーヒーメーカーに豆をセットした。このコーヒーメーカーはミルもついているので、挽《ひ》き立《た》ての豆でコーヒーを楽しむことができるのだそうだ。

ただ、ミルが豆を挽く際に出る音はなかなかのものだったが。

ガガガガとミルが音を立てている最中、汐見君が冷蔵庫から予《あらかじ》め作っておいたと見られる葉物野菜のサラダを出してきた。ルッコラやサニーレタス、かいわれ大根などが混ざったサラダは、もしかして、私が起きる前に彼が準備しておいてくれたのかな。

やることがマメだなと感心する。そういえば、昔付き合っているときもこの人はマメだった。連絡はこまめにくれるし、デートプランも立ててくれた。

こういうことが好きなのかもしれない、と感心してしまう。

彼の動きを目で追っていると、朝食の準備をしながらもちゃんと片付けを同時に行っていることに気付く。まるで何年も家事をやってきた熟練の主夫のように。

「汐見君手際がいいなあ……昔からこんな感じだったっけ？」

この質問に、彼は即座に首を振った。

「いや。昔は全然だった。今の仕事をするようになってからずっと一人暮らしだし、必要だから自然と覚えたってところかな」

そうか、ずっと地方を転々としてたって言ってたっけ。

「……検事って、やっぱり大変？　大変なのはわかってるんだけど、実際やってみてどうなのかなって……」

サラダを手際よく白い皿に盛り付けながら、彼がそうだねえ……としみじみする。

「人の人生に関わることだからそりゃまあ、責任は重大だよ。自分の判断一つで被告人の今後の人生が良くも悪くもなるし。だけどやりがいはあると思ってる」

「そっか……充実してるんだね。うらやましいな」

コーヒーメーカーがコポコポと音を立てている。だんだん部屋の中にコーヒーの香りが充満してきた。オーブントースターを覗くと、クロワッサンがいい感じに温まっていたので、皿に取り出す。アルミホイルを乗せていたおかげで焦げてはいない。

「クロワッサン美味しそう。それにサラダも……。なんか、喫茶店のモーニングみたいだね」

これに汐見君がクスッとする。

「一応そのイメージで作った」

コーヒーもできあがったので、マグカップに注ぐ。全てをダイニングテーブルに運び、汐見君と向かい合って座った。といっても、彼はもう朝食を済ませたらしく目の前にはコーヒーのみ。

「朝食も食べてたのか……。ホント、起こしてくれればいいのに」

「実は朝食のときに起こそうかと思ったんだけど、あまりにも寝顔が可愛すぎて無理だった」

「え」

可愛い、という言葉に反応するけれど、これって冗談じゃないのかな。

「いやいや、またまた……そんなことないでしょ」

笑って流そうとしたのだが、汐見君が真剣だったので表情が固まってしまう。

「いや。本当に。昔から思ってたけど、衣奈の寝顔は可愛すぎる」

「……あ、ありがとう……」

クロワッサンを手でちぎって口に運んでいたのだが、彼の言葉で途中から味がよく分からなくなった。もちろん、表面はパリパリ中はしっとりで美味しいのは間違いないのだが。

――ど、どうしよう……こんなに好きをアピールされても、今の私は彼の望む答えをあげることがまだできていない……

こんなことを考えていたので、おそらく少なからず顔に出ていたのだろう。汐見君がこれに対して早速フォローしてくれた。

「そんなに困らなくていいよ。返事はもちろん急いでいないからいつでも大丈夫だし。もうね、俺が衣奈に好きとか可愛いとか言うのは、挨拶みたいなもんだと思ってくれればいいかな」

「あ、挨拶!?」

驚いて聞き返すと、汐見君がにっこり笑った。

「そう。もうね、顔を見ると反射的に出ちゃうから。自分でもどうしようもない」

ふふ、と笑ってコーヒーを啜《すす》る汐見君の顔にしばし見とれる。

この人と昨夜はあんなに濃厚な夜を過ごしたのか。

自分の事ながら今更恥ずかしくなってきて、視線をサラダとクロワッサンに移す。照れ隠しのあまり食に集中していたらあっという間に食べ終えてしまった。空になったお皿を洗い、まだ残っていたコーヒーを飲みながら、ポツポツ汐見君と話した。

学生時代の思い出話だったり、一緒にバイトをしていた学習塾の話だったり。恋愛を絡めない話なら気楽にできるので、のんびり過ごしていたらいつの間にかもう昼前になっていた。

「え、もうこんな時間!! そろそろ私帰るね」

「ん? もう? なんなら昼飯も一緒にどうかと思ってたけど」

ありがたい申し出だけど、昨日からずっと同じ服だし、下着も一緒だし。残念だけど、ここは申し出を丁重にお断りして帰ることにした。

下着が～と汐見君に訴えたら、あっさりこう言われた。

「下着なら買えばいいのに」

そうだけど。でも、汐見君と一緒にいると緊張しちゃって、あまり気が休まらないし、なにより昨夜彼に抱かれすぎて、ちょっと……うん、休みたいかもしれない。

さすがにそれは言わないでおくけど。

マグカップを洗ったり、ダイニングテーブルを拭き上げてからバッグを持つと、汐見君が「送っていく」と言ってくれた。

徒歩で？　と思っていたらマイカーを持っているらしく、車で送ってもらえることになった。

マンションの敷地内にある駐車場に停めてあった彼の車は、小型のＳＵＶだった。都内はいいけれど地方に赴くとなるとやはり車は必須で、地検に通うのももっぱらマイカーだったそうだ。

「通勤だけならまだしも、そこで生活するとなるとやっぱりどうしても車は必要だったね～。でないと買い物が億劫《おっくう》でさ」

助手席に乗りながら、彼の地方での苦労話を教えてもらった。全国転勤は大変だけど、新しい土地に行く楽しみもあるから嫌でもないという。

「転勤がなければ行くことがなかった場所もあるしね。日本に住んでるんだから、いろんな土地を知るのは大事なことかなと」

「確かに……勉強になります。私も行ったことのない土地、たくさんあるな」

学生時代に修学旅行で沖縄には行った。本州だと、実家のある県の隣県くらいしか行ったことがない。社会人になってから友人と近場の海外は行ったけれど。

少しの間が空いてから、ハンドルを握る汐見君が口を開く。

「一緒に来る？」

「……えっ」

「また俺が地方に行くってなったら、衣奈も一緒に行く？」

ドキッとした。

彼と付き合う上でネックになっている事柄の一つでもあったので、返事をどうするかで困惑し目が泳いでしまう。これじゃ動揺していることがバレてしまうのに。

「ど……どうかな。住むのと旅行じゃ違うし……」

「確かにね。住むとなると大体一年から二年だしなあ……」

ちょっと大変だよね、と汐見君が笑ってくれてホッとした。もしかして、私が困っているのがバレたのかもしれない。

――うわ、焦った……どうしようかと……

この手の話がまた来たら困る……と考えていたのだが、彼はもうその話題を出さなかった。汐見君のことだから私を気遣って敢えて話題を避けたのかと思うと、申し訳なかった。

私のアパートが近づくと、私がナビになって彼を案内する。アパートの前は車が二台は悠々とすれ違える幅があるので、アパートの真ん前に車を停めてもらった。

「こんなところまで送ってくれてありがとう。それと……昨日はお世話になりました」

思い出すとドキドキしてしまうので、極力思い出さないように感情を抑えてお礼を言った。

「どういたしまして。俺は完全に役得だったので全然。それよりもここぞとばかりにめちゃくちゃ抱いちゃってごめん。体、キツかったでしょ」

――うっ……。一応気にしてくれてたのか……

「やっ……あの、まあ……うん……」

返答に困っていると、汐見君が申し訳なさそうに笑う。

「キツかったんだね。ほんっとごめん！　我慢がきかなくて……」

「お互いにお酒入ってたし、いいって。あの流れでは仕方なかったというか……」

遠回しに昨夜の出来事をお酒を飲んだ上での失敗、みたいに片付けようとした。

でもこれに汐見君が異議を唱えた。

「確かに酒は飲んでたけど、衣奈を抱いたのは酒のせいじゃない。君に会うたびにずっと抱きたいって思ってた」

びっくりして無言で彼を見つめた。しばらく見つめ合ったあと、今度は汐見君が、やってしまったという顔をして、ハンドルに腕を乗せそこに顔を埋めた。

「しまった……。こんなこと暴露したら、俺相当やばいヤツだよね」

ため息交じりにこう呟いているところを見ると、どうやら落ち込んでいるようだ。

抱きたいなんて言われて驚きはしたけれど、汐見君をやばいヤツだなんて思っていない。

「え？　そんなことなくない……けど。落ち込むほどのことじゃないよ？」

汐見君が顔を上げた。

「……そう？　大丈夫？　衣奈、引いてない？」

この人でもこんなことを気にするのだな、と思ったら可笑《おか》しかった。

笑いながら「大丈夫だよ」と答えた。

「引かないって。だから気にしないで？」

「気にしないけど。衣奈には少し気にしてほしい」

「え」

急にこっちにお鉢が回ってきて、ビクッとした。

「俺がどれだけ衣奈のことを好きか。愛してるか。そのことは忘れないでほしい」

まっすぐ見つめられ、はっきり言われてしまう。

「う……ん、わかった……」

なんだかこれ以上一緒にいると、この人に絆されてしまう。

そんな気がしたので、急いでバッグを肩にかけ、車を降りた。私が降りるとすぐに助手席の窓が開き、助手席側に体を寄せた汐見君に呼びかけられる。

「また誘ってもいいかな」

言われてすぐ、どうしようという文字が頭の中を駆け巡った。

でも、ただ私が付き合うことに踏み切れないだけで、汐見君と一緒にいると楽しいし、昨夜も素敵な時間を過ごせた。それに私も、この人のことがまた好きになっている。それは嘘じゃない。

だから……断れない。

「うん。いいよ」

頷くと、汐見君がホッと頬を緩ませた。

「じゃあ、また誘う。今回はありがとう」

「それは私の台詞だよ。鰻、めちゃくちゃ美味しかったです。ごちそうさまでした」

「また美味しいところ探しておくよ」

「ありがとう。待ってるね」

会話が途切れたので、これでお別れかなとなんとなく空気を読んだ。でも、汐見君が車のシフトレバーに触る気配がない。

でもこんな場所でいつまでも立ち話は……と思い至り、私の方から別れの言葉を告げた。

「じゃあ、またね」

手を振りながら歩き出そうとしたら、慌てた様子の汐見君が助手席に体を乗り出した。

「衣奈」

何かと思い、立ち止まって振り返る。

「困ったことがあったらいつでも連絡して。何でもいい。虫が出たとか、家電が壊れたとかでもいいし、具合が悪かったら病院に連れて行ってあげるし、衣奈の代わりに掃除でも洗濯でもなんでもする。本当になんでもいいから、俺を頼ってくれないか」

「汐見君!? どうしたの急に……」

切羽詰まったような汐見君に目を丸くする。

咄嗟に思ったのは、そんなことで忙しい汐見君を呼ぶなんて、絶対できない。だった。

「急じゃない。ずっと考えてたんだ。どうしたら衣奈の側にいられるかって。もう、こうなったらなんでもいい。どんな些細《ささい》なことでもいいから俺を呼んでほしいし、頼ってほしい」

「いやでも……そんなことで汐見君を呼べないよ、無理……」

「本当にいいから。衣奈のためなら俺、いつでも駆けつけるから。それだけは承知しておいてほしかったんだ。……帰り際に引き留めてごめん。それじゃ……」

私の言葉に被せてくるくらいの彼の熱意に圧倒される。

「う、うん。じゃあ……」

汐見君が運転席に戻り、左手でシフトレバーを掴み右手で私に手を振った。それに私が手を振り返すと、車がゆっくり進み出した。

数十メートル先に信号のない交差点があり、汐見君の乗った車はそこを左折し、見えなくなった。

いつも冷静な汐見君らしからぬ、さっきの言動。あれはなんだったのかと思い返す。

――いつでもいいから呼んでくれ、だなんて。急にどうしたんだろう……

正直言うと、彼が言ったような内容でわざわざ呼びつけるなんて、そんなずうずうしいことできるわけがない。……けれど。

いつになく余裕のない汐見君に、実はドキドキしてしまった。

そこまでしてでも私に会いたいのかと。そこまでして私に頼ってほしいのかと。

汐見君なら周りにもっと素敵な女性がたくさんいるのに。どうしてずっと私を好きでいてくれるのだろう。

本来なら転職のことを一番に考えなくてはいけないのに、どうしたって頭に浮かぶのは汐見君のことばかり。

「どうしよう……」

こんなんじゃだめなのに。もっとしっかりしないとこの先、生きていけないのに。無理矢理考えをこっちに持っていくけれど、結局頭の中は汐見君でいっぱいだった。

こりゃ重症だな、と。

とにかく、早く今の状況を改善しなくてはいけない。無理矢理そのことを考えながら、自分のアパートに戻ったのだった。

第四章　汐見君の周りにいる個性の強い人達

汐見君のことはまず、一旦置いておき。

その前に私がやらなければいけないのは、仕事を探すこと。そこで、私が熟考のうえに出した答えとは。

今日は日曜。事前にかなみに連絡をしたところ、開店前の八時過ぎに来てと言われたので、時間通りにかなみの両親が経営する喫茶店にやってきた。

ドアを開けると必ず鳴るカラカラカラーン、というベルの音と共に、カウンターにいた人達がこちらを振り返る。

「衣奈、いらっしゃい！　……て、スーツだ！」

カウンターの中から声をかけてくれたのは、かなみだ。

「そりゃ、面接だもの。おはようございます、今日はよろしくお願いいたします」

深々と頭を下げると、かなみの後ろにいたマスターが笑う。

「そんなにかしこまらなくても。面接って言っても、形式だけだから。採用は決定だよ？」

「そう言われましても……。ちゃんと履歴書も書いてきたので、見ていただけませんか。職務経歴書もありますので」

普段通勤で使用しているバッグから履歴書が入ったA四の封筒を取り出し、かなみに手渡した。

「じゃあ、一応お預かりしておきます……なんて。衣奈の経歴なら私、全部知ってるけどね」

かなみが笑う。彼女の笑い声を聞いてか、バックヤードからかなみのお母さんが出てきた。

「うちは人柄重視で選ぶから、その時点でもう衣奈ちゃんは合格よ～！　本当に助かるわー!!いつでも来てくれてもいいからね？」

「あっ、ありがとうございます!!　頑張ります！」

……というわけで。本当に形式上だった面接を終え、あっさり採用が決まってしまった。頭のどこかで「いいのかな」と思いつつ、かなみが仕事に関する説明をしてくれた。

基本的にシフト制で、開店準備から夕方までの早番と、昼頃からラストまでの遅番の二つ。今現在は早番をご両親とパートの女性が、遅番をかなみとアルバイトさんで賄っているらしい。仕事内容は、まずホール担当から始まり、慣れてきたらホットケーキやパフェなどの調理も担当するようになる。その辺りは承知していたので、わかりましたと返事をした。

「それと、肝心のお給料なんだけどね……」

こう言って、なぜか彼女は私を窺《うかが》うようにチラ見した。

「どうしたの？　お給料が、なにか……？」

――まさかすごく安い、とか？　でもこの前はそんなこと言ってなかったし……

心の中で首を傾《かし》げていると、その辺りをかなみが明かしてくれた。

「いや～、実は選択肢があって。一つはバイト、もしくはパート。もう一つは正社員」

「……えっ。正社員にもなれるの⁉」

私の疑問に、かなみがこっくりと頷いた。

「そうなの。うち、実は株式会社なもんで。だから、正社員になればボーナスも出るし、こっちが衣奈としてもいいんじゃないかな～って思ったんだけど」

「ええ‼　じゃあ正社員がいいです！　他に選択肢はないような気が……」

「……それはですね、この前の検事さんに関係するんだけど」

検事と言われて一瞬頭が真っ白になる。でも、すぐにそれが汐見君のことだとわかり、ドッ！と心臓が跳ねた。

「はっ⁉　な……なんでここで汐見君が出てくるの⁉」

大きめの声を出してしまい、しまった。と後悔した。

喫茶店内にはかなみのご家族と、年配女性のパートさん、そして私達しかいない。辛うじて店内に音楽は流れているけれど、大きい声で話したら他の人達に聞こえてしまう。

よって、絞れるだけ声を絞る。

「ちょっと……ここで汐見君を出す意味がわかんないんだけど……」

「先に謝っておくね。ごめん衣奈。私、この前二人がうちに来た時に話してた内容がちょこっと聞こえちゃって。……あの人、衣奈に告ってたよね？」

思わず息を呑んだ。

「……っ、なんで、聞いて……!!」

「たまたまなのよ～!!　そこだけ偶然聞こえちゃって！　イヤー!!　ってなって、私が興奮しちゃったわ。その後何食わぬ顔して二人の前に出るの、すごく大変だった……私頑張った……でね？　もし衣奈が、あの人とその……け、結婚とかね？　するんだったら、正社員じゃなくて他の選択もありなのかなって思って……」

少し照れたように話すかなみに、頭が追いつかない。

――まだ付き合うことにもＯＫしてないのに。なぜ……!!

「いやあの、待って待って。確かにあのとき汐見君とそういう……話はしたけども！　私と汐見君、付き合ってないし……」

「え。そうなの？　でも、どう見ても向こうは衣奈のこと好きだし、衣奈だって言われたとき顔真っ赤にしててさ、まんざらでもないように見えたけど」

結構しっかり見られてるし。

「そ、その……それは……」

思いきり返事に困っている時点で、私が汐見君を好きだというのがバレバレだ。

だからかわからないけれど、かなみが笑っている。

「あははっ、もう、バレちゃってるから！　衣奈だって汐見さんのこと好きなんでしょ？　別に隠さなくたっていいよ」

「〜〜〜〜っ、ご……ごめん……」

自分でもなんで謝っているのかがよく分からない。このタイミングでなぜかマスターがコーヒーを持ってやってきて、私の前に置いた。

「どうぞ〜。うちのコーヒー飲んでって」

「ありがとうございます！」

挽き立ての豆で淹れたコーヒーは、とても香りがいい。今の私には精神安定剤のようだった。

「……はあ、いい香り……」

「今日はねえ、ホンジュラスの中煎り。いい香りだよね、私も好きなんだ。で、正直なところどうなの。汐見さんと付き合うの？」

「それが……どうしようか考えているところなの……」

今の自分の気持ちに素直になるなら、汐見君のことは好きだ。だけど、家庭環境の大きな違いや、転勤の多い検察官との結婚は自分には難しいのではないか。それに加えて以前付き合っていたときに私が彼を振り、傷つけてしまったことなどを理由に挙げた。

かなみがうん、うん、と相づちを打ち、話を終えると「うーん」と腕を組み考え込む。

「……と、いうわけで。私も年齢的に次に付き合う人とは結婚を考えるし、となるとやっぱり、結婚生活が円滑にいくかどうかを重点的に考えてしまうというか……」

「そうねえ、気持ちはわからないでもないけど。でも、あの汐見さんならそういうのちゃんと考えてそうだけど。それに、一度振られてるのにまた好きって言ってきてくれるって相当衣奈のこと好きなんじゃないかな」

「え。あ、う……」

そんなことない、と言おうとしたけれど、この前の別れ際の汐見君を思い出してしまい、言えなくなった。

『ずっと考えてたんだ。どうしたら衣奈の側にいられるかって。もう、こうなったらなんでもいい。どんな些細なことでもいいから俺を呼んでほしい』

——確かに……あそこまで言われたら、そうなのかなって思ってしまう……

黙り込んだ私を見て、かなみが微笑む。

「衣奈、真面目だもんなあ……。多分、この前集まった面々の中じゃ一番真面目なんじゃない？」

「え？　そんなことは……」

「あるでしょう～。いくら自分が就活に苦労して相手に迷惑かけるからって別れを選ぶ？　そこは一緒に励まし合って頑張ればいいだけなのに。自分の存在が邪魔だと思い込むって、どんだけ真面目なの。そんなにしっかりしなくていいのに」

かなみの言うこともわかる。確かに、別れたあとそのことを思ったことがない、と言えば嘘になる。

でも、そこに気がつかないくらい当時の私は切羽詰まっていたのだと思う。

「いや、それは……汐見君、本当に優しくて。自分の勉強そっちのけで私の心配してくれるから……それが申し訳なくて」

「でもさ、あの人すごく頭のいい人なんでしょう？　もしさ、衣奈の就活の心配してたせいで試験に落ちたりなんかしたら、めっちゃ衣奈が責任感じて悲しむでしょ？　頭のいい人なら予めそこまで読んで、絶対に衣奈が悲しむようなことはしないと思うのよね」

かなみが腕を組みながらまっすぐ私を見つめてくる。その視線が少しだけ痛かった。

「そうかもしれないけど……でも、あのときは私も就活が辛くて。なんていうか、汐見君が眩しすぎて近くにいるのが辛かったというのもあってね」

「今は？　今もまだあの人の近くにいるのが辛い？」

かなみの言葉が立て続けに刺さる。

「辛くは……ない……」

むしろ楽しかった。もっと一緒にいたいと思える程に、私は彼のことを好きになっていた。

……というか、昔からずっと好きなままだったのかもしれないけれど。

「んじゃいいんじゃない？　あんまりいろんなこと考えずにさ、もっと本能に従ってみてはどう？」

かなみがうふふ、と微笑んだ。

緊張と焦りを誤魔化すかのようにコーヒーカップに手を伸ばす。ホンジュラスの中煎りは、飲んだ瞬間に口の中に広がる味わいと後味のフルーティさが特徴らしい。確かに飲んだあとにフワッと柑橘《かんきつ》っぽい味が残った。

「……かなみは、今の彼とどうして付き合おうと思ったの？」

かなみに話を振ったら、彼女が驚き目を丸くする。

「えっ、私？　私は……なんていうか、付き合ってる人がいないときにたまたま遭遇して。ほら、実家が隣同士だからさ。それで意気投合して……なんとなく？　本人はもちろんだけど、親とか兄弟も皆知ってるから、それも楽だったんだよね」

ちなみにかなみの実家はこのビルではない。ここから徒歩五分くらいのところにある一戸建てが彼女の実家で、彼はそのお隣さんなのだそうだ。

「でも結婚を考えるくらいだから、やっぱりその彼が特別だったんでしょう？　そういうのってどこで判断したらいいんだろうって……。正直、皆相手のどういうところが決め手になって結婚を考えるのかが気になっててさ」

質問したら、途端にかなみが声を出して笑った。

「ほら、そういうところが真面目なんだって！　普通好きだったら自然とそういう流れになるもんじゃない？　後先考えずにさ。私もそうだったよ、一緒にいるときに突然、あ、この人と結婚したいかもって思ったし。本能よ、本能！」

「そういう感じなんだ……」

──後先考えずに、か……

コーヒーを口に含むと、かなみが時計を見て慌て出す。

ゆっくり話していたら開店時間まであと僅かになっていたからだ。

「やばっ、もうこんな時間!!　と、いうわけで、正社員になるかパートになるかだけあとで連絡くれる？　採用は決定だから、今の職場での勤務が終わり次第うちに来てね」

「う、うん。なんかごめん、余計な話ばかりしちゃって」

私もコーヒーを飲み干し、空いたカップをキッチンに持っていく。

「その話を切り出したの私だし。こっちこそごめん。でもいろいろ知れたし楽しかった。またぜひ汐見さん連れてきて。もっとゆっくり話してみたいな」

なんか、汐見君好かれてるな。

「うん、わかった。言っておくよ」

マスターとお母さん、それと午前のパートさんにも挨拶を済ませてから、喫茶店を後にした。

かなみにいろいろ指摘されて、しかもそれが結構刺さって。今の私は、なんとも言えないモヤモヤに包まれている。

――私、そんなに真面目なのかな。確かにあることないこといろいろ考える癖はあるけれど、それって恋愛には不要なのかな。

「本能……」

――本能で、汐見君と結婚したいかどうかを判断するのか。でもそれって、どうやって……？

自分がとことん恋愛ベタだとわかり、なんだか情けなくなってきた。

まだ午前の早い時間だというのに、ちょっとどこかで休憩したくなる。とはいえ、一番の問題であった就職先が見つかった。それを思うと、いつになく足取りが軽くなる。

安心しきっていた私の頭に、このことを汐見君に報告すべきだ、という考えがふわっと浮かんできた。

――ま、まあ、確かに相談もしたし。就職先が決まったのは喜ばしいことなのだから、報告するのは普通のことだけど……

でも、就職の報告をするのであれば、もう一つ決めないといけないことがある。そっちが先ではないか。

「汐見君との未来か……」

声に出してみると、ずしりと重く私にのしかかる。

確かに、私は昔から割と物事をこれでもかと考えがちというか。考えてばかりで疲れて、結局あまり身になっていないというか。そういうことが多かったかもしれない。

かなみにも散々真面目だと言われたし、ここはひとつ、自分の欲望に素直になってみる?

――でも、結婚……!! 私に務まるかな、検事の妻なんて……

心の中でうあぁと叫んだ。忙しい夫を支えながら、家を守る。私にできるだろうか。でもここで、天の声ならぬかなみの声が聞こえてくる。そんなの、やってみなきゃわかんないじゃない!と。

確かにそうかも。

やってもないのに、私にはできないとか無理だとか言うのはおかしい。不満を言うならせめてやってから言うべきだ。

「……汐見君と……付き合ってもいいのかな……？」

誰に聞かせるでもなく、自分に言い聞かせるように独りごちた。

人生は一生に一度きりなんだし、恋愛くらい自分の好きにしてもいいんじゃないの。

私の中の誰かがそう囁《ささや》いた気がした。

——うん……そうだね。それがいいかもしれない。

気持ちは固まった。あとは、この気持ちを直接汐見君にぶつけるだけだ。


帰宅してから、気持ちを落ち着けつつ汐見君に電話をかけた。

メッセージでもよかったのだが、うまく文章がまとめられず、何度かトライしたものの結局全部消した。

——文章にするの、むずい……

スマホを耳に当てながら考えていたのだが、なかなか汐見君が電話に出ない。

日曜だし、休みのはずだけど……と小さく首を傾げつつ待っていたのだが、出ないので一旦呼び出しを停止した。

「留守中……もしくは運転中とかかな」

そりゃ、汐見君にだって予定というものがあるだろうし。仕方ないのでまたあとで電話しようと、スマホをテーブルに置いたときだった。汐見君から着信があり、慌ててスマホを手に取った。

「は、はい。汐見君……？」

『うん、すぐに出られなくてごめん！　出先で……人と会ってたから』

「あっ、ごめん!!　たいしたことじゃないから、またあとでかけ直します」

じゃあ、と言って通話を終えようとした。でも、耳から離しかけたスマホから、『待って!!』という大きな声が聞こえてきてビクッと体を揺らす。

『大丈夫、もう終わったから。衣奈の用事って何？』

「や……うん、それが……」

——用事が終わったって本当なのかな？　このまま話していいのかな……

困惑したけど、汐見君に通話を終える気配が一切無い。それを感じ取ったのでこのまま話すことに決めた。

「仕事、決まったの。かなみのところで働くことにした」

『ああ、そうなんだ！　面接とかは……』

「今日行ってきた。面接しなくてもほぼ採用だったみたいなんだけど……でも、今日かなみと話して細かいことも聞いて、無事、正式採用ということになりました」

『そっか、よかった』

心底安心したかのような汐見君の声に、なんだか胸が熱くなってきた。

他人が自分の幸せを我がことのように喜んでくれるって、すごくありがたいことなんだな。

「うん。ありがとう……いろいろ相談に乗ってもらったし、汐見君には本当に感謝してる。だから、早く伝えたかったの。汐見君、ありがとう」

本気で感謝していることを伝えたかったのだが、伝わったかな。

向こうのリアクションが気になって、そのまま言葉を待つ。しかし、数秒置いてもまだ汐見君からの返事が返ってこない。

——ん……？　通話、切れた？

一旦スマホを耳から離して確認するけれど、通話は切れてない。おかしいなと思いつつまた耳に当てて、「汐見君？　どうかした？」と訊ねた。すると、スマホの向こうから吐息が聞こえてきた。

『……ごめん、なんでもない。嬉しくて、ちょっとだけ感極まっちゃった』

——え。

「今、感極まるところ、あった？」

『あったよ。衣奈の仕事が決まったところもそうだし、俺にお礼を言ってくれたことも。なんか俺、やっぱり衣奈のこと好きでよかったなあって……心底思った』

さりげなく好きという単語を入れてくるところが、憎らしい。

普通に感謝しているのに、ドキドキして彼を意識してしまうではないか。

「もう……汐見君は私をドキドキさせるのが上手いんだから」

『あ、ドキドキしてくれたの？　やった』

はは、と笑う汐見君に胸が熱くなる。

このタイミングで好きだと伝えようか。私も付き合いたいですって、伝えようか。

そのことをぐるぐる考えていたのだが、ここで突然、汐見君が『あ』と声を上げた。

『今外でさ。またあとで電話してもいいかな』

そこでハッとする。

そうか、汐見君、外か。だよね、さっきまで人と会ってたんだし。耳を澄ませば、ざわざわした音も聞こえてくる。

しかも今は時間も昼時だし。もしかしたらランチの最中だったのかもしれない。

「あっ……いや！　用はこれだけだから！　気にしないで」

『え、でも……』

「本当に大丈夫だから。また何かあったら連絡するね。じゃ、忙しいときにごめんね」

『え、ちょ』

スマホの向こうで汐見君が困惑しているのがわかったけれど、邪魔しちゃいけない。告白はまた今度でいいや。大事なことは、やっぱり顔を見て言いたいし。

ためらいなく通話を終えた私は、汗ばんでしっとりしたスマホの画面を見て苦笑してしまった。

「どんだけ緊張してたんだか」

就職報告でここまで緊張するなら、告白するときはどれだけ緊張するんだろうな。


私はまた後日でいいやと思っていたのだが、なんと翌日。汐見君から連絡があった。

といってもメッセージだけど。

【昨日はせっかく連絡くれたのにごめん。もっと話したかった】

職場の昼休み中にスマホを確認したらこのメッセージが入っていて、あら。と思った。

――気にしなくていいのに……本当に汐見君たら律儀なんだから。

文章の後半にあるもっと話したかった。を見るとドキドキする。さらっとこの一文を混ぜ込んでくるところが、汐見君ぽいと思った。

返事はどうしようか。

今の自分の気持ちを伝える機会が欲しいし、よかったら今度外で食事でも、とか送ってみる？

まあ、向こうの都合が合えばとか入れておけばいいかと、軽い気持ちで誘いの言葉を送る。すると、すぐに返事が返ってきた。

【いつでもいいよ。いつ行く？】

――あっ。返事早っ。

何も考えてなかったのに。どうしようかとスケジュール帳を確認し、次の土曜ならいいよと送った。それに対してもすぐＯＫの返事が来て、あっさり汐見君と会うことが決まってしまった。

【店、探しておくよ。楽しみにしてる】

メッセージを数秒見つめてからスマホの画面を閉じた。

――今度こそ好きだって言わなきゃ。私も付き合いたいですって……

よくよく考えたら、最初に汐見君と付き合ったときも彼の方が好きですと言ってきてくれた。私はそれに対してうん、いいよ。という返事をしただけだった。

あのときはなにも思わなかったけれど、相手に気持ちを伝えるのってすごく勇気がいるし、緊張するものだと初めて知った。

自分が経験する身になって初めて、こんなことを二回もしてくれた彼のすごさを知ったし、ありがたいと思った。

私もされるばかりじゃなく、彼に好きだと言いたい。

そんなことを思いながら、スマホをバッグにしまったのだった。

汐見君と約束した土曜の朝になった。

約束の時間は午前十一時。その時間にランチが始まるカフェで待ち合わせをすることになっているのだが、その店は汐見君が探してくれた。

——私、ずっとこっちにいるのに。こっちに戻ってまだ数ヶ月の汐見君に探させるの、申し訳なかったな……

探してもらってからそのことに気付き、すみません……と心の中で謝った。

デートっぽいなと思ったので、服装はシンプルなAラインのワンピースにした。コットン素材の薄いブルーのストライプが入ったワンピースは今一番のお気に入り。今日みたいな日に着ないでいつ着るの、という気持ちで袖を通した。

斜めがけもできるショルダーバッグに財布などの必需品を入れ、予定していた時間通りに家を出た。

汐見君が見つけてくれたカフェはネットで検索してみると、オリジナルのプリンが人気の店のようだった。自家製のカスタードプリンにホイップが載った画像をいくつも見たけれど、あれは見れば食べたくなる。現に今私もすごく食べたい。

——でも、ランチプレートも美味しそうだった……。ランチを食べてからプリン、いけるかな……たぶん、いける気がする……

汐見君への告白そっちのけでプリンのことを考えているわけではない。なにも考えずにいると、勝手に汐見君のことを考えてしまうので、敢えて彼のことを考えないようにこうしているだけ……と、私は思っている。

なるべくリラックスした状態で、素直な気持ちを彼に伝えよう。

そう思いながら待ち合わせのカフェへ向かう途中、汐見君からメッセージの着信があった。

スマホがぶるっと震えたのに気付き、バッグに手を突っ込んで取り出し、確認した。画面に表示された内容に、えっ。となる。

【少し用があるので、先にカフェに行ってます。約束の時間までには終わるので、衣奈は時間通りに来てくれて大丈夫】

——用。とは。

画面を見ながら小さく首を傾げる。

確かに、待ち合わせに指定されたカフェは、オープンが十時。ランチタイムが始まる十一時まではカフェタイムなので、その時間に何か用事を済ませるということか。

——いや、私との約束の前の隙間時間に予定入れるって。もしかして、すごく忙しいんじゃないの……？

そんなに忙しいのに私と会ってくれなくても。別に、告白ならいつでもできるのに……

いけないと思いつつ、いつもの私の遠慮癖みたいなものが出てきてしまう。

でも、本当に忙しいのに無理して会ってもらわなくてもいい。何より汐見君の体が大事だし、忙しいなら空いた時間はしっかり休んでほしい。

会う約束をしてから彼に伝えることを考えて、練って。満を持して今日を迎えたのに、待ち合わせ場所に行く足が重くなってきた。

せっかく待ち合わせの場所に先に行っててくれてるのに、私が行かないのはマズい……よね。それは人としてちょっとよろしくない。

――まあ、いいか。時間までには終わるって言ってたし……

彼の言葉を信じて、目的の場所に向かう。

最寄り駅から電車に乗り、約二十分で目的の駅に到着。駅から徒歩で三分くらいの場所にある商業ビル。その一階にあるカフェが待ち合わせ場所だ。

カフェの前にはプリンと手書きで書かれた立て看板があり、やっぱり人気なのねと納得した。外観はグレー一色でスタイリッシュ。看板はなく、店の名前の文字だけが壁に掲げられている、女性が好きそうなお洒落な店だ。

少し外観を眺めてから窓から店の中を確認する。汐見君の姿は確認できなかった。

――まあいいや。彼が中にいるのは間違いないはず……

そう思いながら店の中に入る。出てきてくれた女性スタッフに、待ち合わせですと告げると、それだけでわかってくれて奥に案内してくれる。

――汐見君が言っておいてくれたのかな。

さすが、ぬかりない。と思いながらスタッフのあとをついていく。歩いて行く先に汐見君らしき人の背中が見えてきて、あ。と思った。しかし、その彼の前にいる人物が視界に入った途端、歩みが自然に止まってしまう。

「えっ……」

汐見君の前にいる、すなわちテーブルで彼と話をしている人物には見覚えがある。

切れ長の目がクールな印象の、背中の真ん中まである手入れの行き届いた長い髪をおろしている女性。あれはどこから見ても、学生時代同じ塾で塾講師としてアルバイトしていた女性ではないだろうか。

別に、アルバイト仲間なら久しぶり！　と声をかければいい。何食わぬ顔であのテーブルに着いて、思い出話に花を咲かせればいい。

でも、今の私にはそれが容易にイメージできない。というのも、あの女性が汐見君のことを好きだったのは、バイト仲間では有名な話だったからだ。多分、気付いていないのは汐見君だけではないか。

——て、いうか。なんで汐見君とあの人が二人で喋ってるの……？

理解不能なことが多すぎて、汐見君のいる席までがやけに遠く感じた。私、行っていいのかな。邪魔じゃないかな……と考えているうちに到着してしまう。

「衣奈」

私が来たことにすぐ汐見君が気付く。彼に釣られる形で、席についていた女性が私を見る。目が合った瞬間、ああやっぱりと思った。

——そうだ、この人だ。谷《たに》さんだ……！

「こんにちは」

汐見君に挨拶したあとに彼女の方を見る。彼女もきっと、私のことは覚えているはず。その証拠に、私と一瞬目を合わせたあとわざと逸らしたような気がしたからだ。

「ああ、ほら、塾でバイトしてたときに一緒だった谷さんだよ。谷さんも覚えてるよね、こちら日沖衣奈さん」

汐見君が私を紹介すると、いきなり谷さんの顔にパッと笑みが浮かんだ。

「もちろんです。日沖さんお久しぶりです、谷です～!!　すみません、今日は突然……お二人の邪魔しちゃって」

「お久しぶりです……いえいえ。それよりも、二人はどこで？　偶然会ったとか？」

私が来ても谷さんが席を立つ気配はない。私もずっと立っているわけにいかないので、仕方なく四人席の汐見君と谷さんの間に座った。

「いや。同じく塾講師してたヤツ……ほら、松代《まつしろ》って覚えてないかな。そいつから連絡あってさ。今、谷さん司法試験受けたくて勉強してるから、少し見てやってくれないかって頼まれてさ」

言われた方の谷さんが、司法試験の辺りでにっこり微笑んで頷いていた。

「あ……うん、覚えてるよ。確か理系科目の講師やってたよね」

——そういや、谷さんって法学部だったような……大学は私とも汐見君とは違うけど……

学生時代に予備試験に受かってしまうような汐見君みたいな人もいれば、何年もかけてやっと受かる人もいる。それは承知していたので、谷さんも目指していたのか、と納得した。

「じゃあ、谷さんは大学卒業後もずっと司法試験の勉強をされてたんですか？」

「ううん。就職して普通に働いていたんだけど、やっぱり夢を諦めきれなくて。三十にもなるし、節目ってことでちょっと頑張ってみたくなったの」

なるほど、三十を前にして……というのは私もいろいろ考えたので、気持ちはわかるな。やるなら今しかない、みたいな気になるんだよね、きっと。

心の中で納得していると、谷さんが私と汐見君を交互に見て、あの。と口を開いた。

「今日もこうやって二人で会ってるし、昔も付き合ってたよね、二人。ってことは、やっぱり今もそう……なのかな？」

谷さんに問われて、汐見君が私を見た。でも、すぐに顔を正面に戻した。

「昔は付き合ってたけど、今は違う。ただ、友人として仲良くさせてもらってるだけ」

汐見君が笑顔で説明した。

事実には違いない。だけど、ほんのり胸が痛むのはなぜだろう。

汐見君の言葉を真剣に聞いていた谷さんが、わかりやすく頬を緩める。

「そうなんだ。別れた後でも友情が続いているのっていいね」

これになにかを返すべきなんだろうけど、うまい文言が浮かんでこない。ただ笑顔で頷くだけにとどめた。

「谷さん。申し訳ないけどそろそろいいかな」

まだ帰る素振りを見せない谷さんに痺《しび》れを切らせたのか、汐見君が切り出した。その顔は申し訳ない感じでもない。淡々と、ごく自然に彼女に帰ることを促した。見事だと思った。

――私にはできない……

汐見君すごい、と思いながら恐る恐る谷さんを見る。汐見君に促されたということもあり、谷さんが慌てたようにテーブルの上にあった司法試験の問題集を片付け始めた。

「あっ……ご、ごめん！　そうだよね、お二人、約束があったんだもんね？　お邪魔しちゃってごめんね」

「ううん。大丈夫。勉強お疲れ様です、頑張ってね」

「ありがとう！　……じゃ、汐見君。またわかんないところがあったら聞いてもいいかな」

「……わかった」

このやりとりを横で聞いていた私は、今、谷さんが言った内容に対しての汐見君の返事に、やや間があったことに気がついてしまった。

――汐見君？　もしかして困ってる……？

でも顔を見るとそうでもないし。それに、本当に嫌ならこの場に呼ばないよね。

気のせいだと思うことにして、座ったまま谷さんを見送った。彼女がこの場からいなくなった瞬間に、汐見君の顔に安堵が浮かんだ気がした。

「……あの、お疲れ様。まさか谷さんがいると思わなかったから、びっくりしたよ」

先に私が口を開くと、なぜか汐見君がテーブルに両手を突き、「ごめん!!」と頭を下げてきた。

「は？　いきなりどうし……」

「いや、デートなのに別の女性を待ち合わせ場所に呼ぶとか!!　普通じゃありえないだろ。ほんっと申し訳なかった……!!」

「……でも、そのありえないことをしなきゃいけない状況だったってことでしょ？」

感情的にならず、冷静に聞き返す。すると、汐見君がふー、と小さく息を吐き出した。

「実は……そう。俺も呼ぶつもりなかったんだけど、どうしても今日お願いしたいって松代経由でお願いされて。仕方なく一時間だけっていう条件で受けた。でも、衣奈と会った後に彼女に会うのは気が進まないから、せめて先に……って思ったら、こうなってしまった」

「なるほど。わかりやすい。でも、一時間だけ勉強じゃ足りないんじゃないかな。勉強中の一時間ってあっという間だもんね」

確かに、と汐見君が頷く。

「俺も言ったんだよ、一時間くらいしか時間ないけどいいのかって。でも、向こうがいいって言うから仕方なく。……衣奈が来る十分前には帰ってもらうつもりでいたのに、促しても促しても全然帰ろうとしなくて。本気で焦ったよ……」

汐見君がいつになく疲れた顔をする。この人のこんな顔はあまり見ない。

――それは、谷さんが今でも汐見君のことが好きだから？　とかでは……

きっと汐見君は谷さんの気持ちに気がついていないから知らないと思うけど。ほんの数分彼女に接しただけだけど、まだ気持ちは変わっていない気がするんだよね。

モテ男はさすがだな、なんて思いつつ。彼女の気持ちに関しては私が言うことでもないので、言わないけれど。

「でも谷さん、この年齢になってからでも司法試験に挑戦しようだなんてすごいね。私だったら考えもしないな。資格試験とかならわかるけど」

「……本気で受ける気があるかどうかはわかんないけどね」

「え」

今の彼の呟きが気になりつつ、改めて汐見君の前の席に座り直す。このタイミングで女性スタッフが持ってきてくれたメニューに目を通し、二人分のランチプレートを注文した。汐見君は僅かに残っていたコーヒーを飲み干し、新たにアイスコーヒーを注文していた。

注文し終えて二人きりになり、早速さっきの話の続きをする。

「で、さっきの話だけど。彼女、本気で受ける気がない……とか？」

「俺がそう思っただけで確証はないんだけど、なんせ問題集に全然勉強の形跡がないし、これはわかってるよね、って聞いても鈍い反応しか返ってこないし。あれで本気だって言うなら、もっと今以上に真剣に取り組まないと受かる確率はほぼゼロだよ」

「…………そ、そうなんだ」

夢を諦めたくない、頑張りたい。口ではそれっぽいこと言ってたけど実際は違うのだろうか。

もしかして、司法試験は口実でただ汐見君と会いたいから……とか？

——あ、私、今すごく嫌な女になってる。

これでもし、本当に谷さんが司法試験を受けるために頑張っていたとしたら、後で私がものすごく自己嫌悪に陥るヤツだ。

「俺も松代に頼まれなかったら引き受けないんだけど……。あいつ、面倒見がいいから。彼女のこと放っておけなかったんじゃないかな。まあ、面倒見てもらったのは俺も同じだから何も言えないんだけど」

「汐見君が？　なんの面倒を見てもらったの？」

「まあ、いろいろ……？　食事に誘ってもらったりとか、体気遣ってくれたりとか。松代くらいだよ、積極的に俺と関わろうとしてくれたのは。ちなみに松代は今でもあの塾で講師やってる」

「えっ！　そうなんだ」

汐見君ほどすごい大学ではなかったけれど、松代君も有名大学に通っていたのは覚えている。

彼は理系で、数学と化学などを担当していたはず。汐見君と仲が良く、休憩時間になるとよく二人で笑いながら話していたのは記憶にある。

谷さんのことは置いといて、汐見君は今でも松代君と仲が良いようだ。男同士の友情って、なんかいい。

対する私は塾で仲良くなった女性はいなかった。谷さんとは何度か会話を交わしたことはあるけれど、私が汐見君と付き合ってからはどことなく風当たりが強くなった気がする。

そういった事情もあり、汐見君と付き合っていることを友人達に話したくなかった。まだあのときは今みたいにお互いを深く理解してなかったということもあるけれど、せっかくできた友達に谷さんみたいな態度を取られたら、ショックで大学生活を送れない……と思ったことがきっかけだ。

——その谷さんと再会するなんて……正直、あんまり会いたくなかったな……

心の中で正直な気持ちを呟いた。

「衣奈?」

ぼーっとしていたら、汐見君に名前を呼ばれて我に返った。

「えっ、あ。ごめん、ちょっとぼーっとしてた」

「衣奈がぼーっとするなんて珍しいね。もしかして谷さんのことを思い出してたとか?」

当たっているので、素直に頷く。

「うん。昔どんなだったっけなって。まあ、思い出したところで私、あんまり谷さんと話してなかったから圧倒的にエピソードがないんだけど」

汐見君も当時を思い出したのか、なぜか微笑む。

「衣奈は、あんまり塾講師の皆と絡まなかったっけ？」

「私、事務バイトだったからね。休憩室とかも使わずにずっと事務室にいたから」

「そうか、そうだった。でも、受付にいる衣奈は目立ってたよ。だから俺、塾に到着すると真っ先に受付を見る癖がついちゃって」

当時を思い出してか、汐見君が照れ顔になる。

「……そ、そうだっけ？　覚えてないけど……。ただ習慣で私にも挨拶してくれてるのかと思ってた」

「もちろん挨拶はしたけど、受付に声をかけたのは衣奈がいたからだよ」

過去のことをバラされて、ちょっとこそばゆいような、なんとも言えない気持ちになる。

「ど、どうもありがとう」

「いいえ。だから、谷のことは気にしないでいいよ。本当に、俺としては義務でやってるだけなんで、他意はないから」

「うん、わかっ……」

言いかけて、はっとする。

――もし今私が汐見君に好きだと言うと、付き合うことになるよね。てことは、きっと汐見君は谷さんに会ったとき、私と付き合っていることを彼女に言ってしまう……？

さっき付き合っていないことを確認したときの谷さんの顔を思い出す。あれはどう考えても安心してた。だから私にも普通に接してくれたんだと思う。

でも、もし私と汐見君が付き合っていると知ったら、彼女はどうするのだろう。きっとさっきみたいに穏やかに接してはくれない……気がする。あくまでも想像だけど。

――知られたくない……

せっかく今日は彼に告白する気でいたのに、谷さんのせいでその気が削《そ》がれた。

いや、彼女のせいにしては申し訳ないけど、せめて汐見君が彼女の勉強を見ている間は、告白するのはやめておこうかな、などと考えてしまう。

――私のこういうところが考えすぎって言われちゃうのかな……だめだな、いくつになっても治らなくて。

「……谷さんの勉強って、いつまで……」

ちょっと言葉を濁しつつ尋ねる。でも、これだけで汐見君は意図を汲み取ってくれた。

「次の司法試験に挑戦するようなことを言ってたけど……でも、俺もそんなに長く見るつもりないよ。これから仕事だって忙しくなるし、衣奈とのこともあるし。俺は、できるなら空いた時間は衣奈の為に使いたいし」

まだ付き合っていないのに、こんなことを言う汐見君に驚く。

彼女でもない私にそこまでしてくれなくていいのに。

「え。それはちょっと重……」

うっかり口にしたら、彼の顔に焦りが浮かぶ。

「嘘です。今のは嘘。忘れてください」

これはこれで面白くて、ふっ、と声を出して笑ってしまう。

「珍しい、汐見君が慌ててる」

「……。衣奈のことになると、俺は途端にだめな男になる……。あ、それよりも、この前の電話って仕事が決まった以外になにか用事あった？　ほんと、あのときはバタバタしちゃって申し訳なかった」

ドキッとした。

あの日も告白しようと思って電話をかけた。今日だって、谷さんに会うまではそのつもりだった。

でも、谷さんのことがやけに気にかかって、なんだかもうどうでもよくなってきた。

――好きだって伝えるのは、別に今日じゃなくたって……

完全に諦めモードでいると、頭にふんわりと先日、汐見君に電話したときのことが浮かんできた。

あの日も彼は誰かに会っていた。それってもしや。

「私が電話したあのとき、もしかして一緒にいたのは谷さん？」

何気なく問いかけると、汐見君の表情が少しだけ強ばった。

当たりだな。

別にこの人が誰といたって悪くない。だって、私達まだ付き合ってないし。

自分でも可愛くないと思うけれど、女心ってそんなもんだ。

決して怒っていない。なのに、なぜか汐見君が神妙になる。

「ごめん。誤魔化すつもりはなかったんだけど……確かに、あの場には谷もいた。もちろん二人きりじゃない。松代に呼び出されて、行ってみたらそこに谷がいたんだ。俺もなんだか分からないままに話を聞くと、谷の勉強を見てやってくれないかって切り出されて……仕方なく」

「大丈夫だから気にしないで。せっかく頼まれたんだし力になってあげたらいいよ。もちろん汐見君ができる範囲でさ」

精一杯いい人ぶってこんなことを言ってみる。

本当は汐見君と谷さんが、二人きりで勉強してるとこなんか想像だってしたくないのに。もうやけくそだった。

言ってから汐見君を見れば、どこか悲しげに微笑んでいて、一瞬しまったと思った。

「……うん、まあ……できる範囲でね」

途端に自己嫌悪に陥った。

――ああもう……。こんなつもりじゃなかったのに……

「……電話したのは、かなみの店で働くことになったから、よければお客として来てって伝えたかったの。それだけ」

当たり障りない内容で話をまとめた。

とてもじゃないけど、今この人に好きだと言えるような心境じゃなかった。

ていうか私、今日何しに来たのかな。よくわかんなくなった……

ランチプレートが私達の前に置かれた。葉物野菜のサラダにミニキッシュ、グリルチキンとトーストした食パンが載ったプレートの他に、スープもつく。今日のスープはパンプキン。

「こんなにあるんだ。結構食べ応えがありそうだね～」

なんて口では言いながら、頭の中は谷さんの笑顔が消えては浮かび、を繰り返していて、全然食事を楽しめなかった。

心なしか汐見君も、いつもの淡々とした感じがあまりない。なんというか、私の機嫌を窺うようにこれは美味しいね、などと当たり障りない食べ物の話しかしてこない。

――めっちゃ気を遣われている……

それを申し訳なく思いながらランチプレートは食べきった。この店の売りでもあるプリンが気になっていたけれど、今はとてもじゃないけど無理だ。

「プリン気になってたんだけど、もう入らないや」

私よりも早くランチプレートを食べ終えていた汐見君が、じっと私を見つめる。

「じゃあ、今度はプリンだけ食べに来よう」

「ん……うん、そうだね」

いつになく圧が強めだった。

汐見君、多分私が谷さんのことで困惑しているのに気がついている。

ランチセットのドリンクも飲み終えたところで、彼がこのあとについて言及する。

「衣奈、このあとは時間ある？」

——きた。

朝の時点では、一日ゆっくり汐見君と過ごしてもいいと思っていた。でも、谷さんのことがあったせいで、その気持ちが失せてしまった。

不安になっていろいろ考えたせいでちょっと疲れたし、今日はもう帰りたい。

「あ……その……ごめん。今日はこれで帰るつもり」

これになぜか汐見君が一瞬真顔になる。

「なにか用事があるとか？」

「いや……用事というか……今の職場がもうじき終わるでしょう？　今週は片付けとかで結構忙

しかったから、ちょっと疲れちゃって。今日はもう、帰って休もうと思ってるの……」

必死で頭を働かせ、汐見君に疑われないような理由を探した。これならあながち間違ってもいないし、誘いを断るのにそこまで心が痛まない。

ドキドキしながら汐見君の反応を待つ。でも、彼はあまり表情を変えない。

「そっか。時間があれば場所を変えてゆっくり話もできるかなって思ってたけど、それなら仕方ないね。衣奈にも休息が必要だ」

「ありがとう……」

すんなり納得してくれて安心した。

汐見君はきっと私を疑ったりはしないとわかっていても、やっぱり答えが返ってくるまでは不安だったし。

汐見君がまず席を立ち、レシートを手に会計カウンターに向かう。あっ、と思い彼を追いかけるも、既に会計を済ませてしまったあとだった。

「あああ、汐見君……!! 私の分……」

店を出たところで彼を呼び止めると、何のこと？ みたいな顔をされた。

「いらないよ。これくらい俺に払わせてよ、谷さんのこともあるし」

谷さんの名前を出されると弱い。お札を渡そうとした手が止まってしまう。

「でも……この前も鰻を奢ってもらったばかりだし……悪いよ」

「衣奈、こっち来て」

なぜか汐見君が私の手を掴み、店のドアから少し離れた場所に移動する。そこで改めて私と向き合う。

「衣奈は、俺に対して悪いとか、そういうことを考える必要は一切ないから」

「え？　でも、普通に考えて毎回ご馳走になるのは……」

「いいんだよ。俺がしたくてやってるんだから。それに、今回は谷のせいでちょっと予定が変わってしまったし。本当に申し訳ないと思ってるんだ。だからそのお詫び」

この言い方からすると、汐見君は谷さんに対してあまりいいイメージを持っていないのかな。

――学生時代はそんな感じじゃなかったけど……汐見君って誰にでも分け隔て無く優しい人だと思ってたからな……

「そんな、お詫びだなんていいのに」

「それと」

なぜか汐見君が、私の手を両手で包み込むように掴んだ。そのまま、親指で手の甲をスリスリと撫でられる。

「衣奈さ。本当は俺になにか話したいことがあるんじゃないの」

「えっ……」

もしかしてこの人に全て見透かされているのではないか。一瞬そんな気がして、ドキッと心臓が跳ねた。

「この前の電話といい、今日といい。衣奈から連絡をくれた割には、話したいことっていうのが就職の件だけとは思えないんだけど。それだけなら、メッセージでも良さそうだしね。てことは、直接俺の顔を見て話したいことがあるんじゃないかなって」

怖いくらい察しのいい汐見君に、言葉がない。

「……そ、そんなことは……」

「ないかな。でも、俺はもしかしたらって少し期待してる。衣奈も、俺のことが好きなんじゃないかって」

息を呑んだ。

「少なくとも、この前君を抱いたときにそう感じたんだ。……違う？」

見上げると、私の言葉を待っている汐見君がいた。

「わ、私……は、その……」

ここまで汐見君にバレているなら、もう言ってしまっていいのでは。

心がそっちに傾きかけ、私も好きですと言おうとした。なのに。

タイミング悪く汐見君のスマホに着信があり、ジリリリンと昔の黒電話の音が鳴った。その瞬間ものすごく嫌そうな顔をしたのは、汐見君だ。

「なんでこのタイミング……!!」

いつになく腹が立ったように吐き捨てた汐見君が、パンツのポケットに入れていたスマホを手に取った。その画面を見た彼の表情が益々《ますます》怒りに満ちていく。

「谷かよ……なんで今かけてくるんだ。俺が今、衣奈と一緒にいるって知ってるだろ!?」

——汐見君がキレている……

こんな彼を見るのは初めてで呆気《あっけ》にとられる。

でも、私にはわかる。きっと谷さんは、私が近くにいるとわかったうえで電話をかけてきているのだと。

コール音は鳴っているが、一向に彼は取ろうとしない。

「あの……出ていいよ。電話……」

「いいよ。俺は用なんかないし」

でも鳴ってるしなあ……と。

本人はケロッとしてるのに、こっちがどうしたらいいかわからなくなる。

しかもここはさっきランチを食べた店を出たところ。人もひっきりなしに行き交っているし、ここにずっといるわけにもいかない。

多分汐見君は、私がここにいる限り電話には出ないだろう。だから、取るべき行動は一つしかなかった。

「あの……ごめん、じゃあ、私、帰るから」

「衣奈！　まだ話が終わってない」

汐見君が真剣な顔で私を引き留めてくる。

「私の話はまたあとでも大丈夫だから。今は谷さんからの電話に出てあげて」

「そんなのいい……」

「よくないから！」

私達が話している間に、谷さんからの電話は切れた。

「ほら、切れたし……」

「多分またかかってくると思う。……多分じゃない、絶対かかってくる」

私が断言すると、汐見君の眉根が寄った。

「どうしてそう思うの」

「どうしてって……そんなの、汐見君以外皆知ってるよ」

だんだんイライラしてきて、言わなくていいことまで口にしてしまう。しまった、と思ったけれどもう遅い。

――マズった……!!　言うつもりなかったのに！

「皆知ってるってなに？　どういうこと？」

「……っ、なんでもない。今のは忘れて。じゃ、もう行くね」

さすがに谷さんの気持ちを私が話すわけにはいかない。居たたまれなくなった私は、気がついたら数歩後ずさっていた。

「衣奈！」

「ごめん」

汐見君に背を向けて、精一杯走った。

といってもそんなに足が速くないので、汐見君が本気で追いかけてきたらすぐに捕まってしまうはず。

だけど、汐見君は追いかけてこなかった。

ある程度進んでから後ろを振り返ったけれど、汐見君の姿はどこにもなかった。

第五章　汐見君という人について

土曜にあんな別れ方をしたので、汐見君から連絡が来るかなと思っていた。しかし意外にも土曜の午後も、日曜日も彼から連絡が来ることはなかった。

それを残念に思いつつも、どこかホッとしている私はなんなのか。

——でも、谷さんのことはすごくモヤモヤしたんだよ……だって、あんなにあからさまに好意を向けられてるのに気付かないのおかしくない？　いくらなんでも鈍すぎでしょ……

でも、元々彼はそういう人だってことも知っている。

学生時代に塾講師をしていたときだって、彼は女子生徒から人気があった。明らかに彼のことが好きなんだろうな、という子は何人か知っているし、風の噂《うわさ》では夏期講習だけで塾に来た子にも何人か彼に一目惚《ひとめぼ》れした子がいるらしかった。

しかし、汐見君はそういう生徒からの好意をことごとくスルーしていた。話しかけられても事務的な会話だけで済ませて終わりだし、勉強を教えてくれと言われても二人きりになることはせず、必ず誰かがいる場所で対応していた。

最初は気持ちをわかったうえでスルーしてるのかな、と思っていた。でも、あるとき彼に、生徒にモテてるという話をしたら、こう返ってきた。

『へ？　モテてないけど』

始めは冗談かな、と思った。でも、表情からも冗談ではないと判断できた結果、どうも本気で気がついていないようだった。

これには、他の事務員さん達と「嘘でしょ」という話をしたことがあるくらい。

でも、あれだけ聡《さと》い汐見君だと、実は谷さんだけじゃなく学生の気持ちを完全に把握していて、それであしらう態度に出ているのではないか、と勘ぐってしまう。

――まさかね。さすがにそれはないと思うけど。

いよいよ今の職場ともお別れの時が近づいてきた月曜の朝。なんとか次の職をゲットしたのでもう焦りはないけれど、数年お世話になった今の仕事との別れが少々寂しかった。

出勤すると、次の仕事との兼ね合いでもう有休消化に入っている社員がかなりいて、フロアは人がまばらだった。

勤続三十年の先輩社員も、つい先日建築会社で事務のパートが決まったそうだ。

「寂しくなってきちゃったわねえ……。でも、日沖さんも仕事決まったんでしょ？」

「はい。安心したせいか、ちょっと気が抜けちゃいました」

「もう仕事は片付けがほとんどだしね～。日沖さんもそろそろ有休消化に入ってもいいかもね」

「そう、ですねえ」

確かに有給ほとんど使ってないし、消化に入っちゃおうかな。なんて考えながら、フロアの掃除や片付けを終えて自分の席に戻ってきたとき。スマホにメッセージの着信があった。

何気なく画面を覗き込むと、汐見君からだった。汐見、という名前が見えた瞬間、ビクッと体が揺れてしまう。

——な、なにかな？

多分読み出すと没頭するので、昼休みまで待った。そして昼休み。自分のデスクでお弁当を広げながら、メッセージを確認してみる。

要約すると、今夜か明日会えないか、という内容だった。

——土曜日のリベンジみたいなものかな……

朝冷凍状態のまま突っ込んだミニハンバーグを口に運びつつ、どうするか考える。

私はもう残業もないし、定時で帰るだけ。でも、汐見君は定時で上がれるのだろうか。

いいよと言っていいのかしばし悩む。でも、あの別れ方だし、彼もモヤモヤが続いているのかも。

——そのままっていうのも……うん……ねえ……

なんなら、谷さんのことをはっきりさせてからじゃないと付き合えない、って言ってしまおうか。むしろその方がいいのかもしれない。

汐見君に今日でも明日でもいいよ、と返事をした。するとすぐに【今日でもいい？　実は渡したい物があって】と返ってきた。

渡したい物ってなんだろう？　と小さく首を傾げていたら、それに関するメッセージが送られてきた。

【職場の人からお土産であまり日持ちしないものをもらったんだけど、量が多くて。衣奈にもらってほしいんだ。あんみつなんだけど】

「え。嬉しい」

このあとあんみつの画像が送られてきた。カップに書かれた店の名前が老舗の甘味処《かんみどころ》だったので、美味しいのは間違いなさそう。

半透明のカップに入ったあんみつは、あまり日持ちしない。なのに、汐見君の職場の人が数人感染症にかかって休んでいることもあり、配ることもできず困っているのだそうだ。

そういう事情なら喜んで力になります、と送ると【助かる（笑）】と返された。

理由があんみつだとわかった途端、私の気持ちも少し軽くなった。

付き合うことに関してあんまりぐいぐい来られてしまうと、いくら好きな人相手でもちょっと困るというか、頼むから落ち着いてくれと思ってしまうから。

少し安心したところで待ち合わせ場所を確認し、メッセージのやりとりを終えた。

一応私が定時で上がってから汐見君の職場の近くに向かう、という感じで待ち合わせ時間と場所を決めた。

汐見君が定時で上がるのは厳しいかなと思っていたら、案の定メッセージで【遅れます】と連絡があった。

それは想定していたので、あまり気にしなかった。しかし、待ち合わせ場所に近くなった頃、【かなり遅れそうなので代理の人にあんみつを持っていってくれと頼みました。ごめん!!】と入っていて、あら。となる。

――いや、それはいいんだけど。でも、代理の人って……

もしかしてあの人にお願いしたのでは。と女の勘が働いた。この前私と汐見君の待ち合わせ場所に現れた、彼と同じ職場で働いている事務官の人が頭に浮かぶ。

――あのときすごい訝《いぶか》しげに私を見てたしなあ、あの人。顔を合わせるの超気まずいんだけど。谷さんほどじゃないけど、なかなか会いたくないタイプの人なんだよね。

そう思いながら待ち合わせ場所に指定された改札の手前で、代理の人を待つ。

仕事を終えた人や学生さんでほどほどに混み合っている中、邪魔にならないように隅っこに立つ。

——ていうか、代理の人って私の顔、覚えてるのかなあ……

一度しか顔を合わせたことがないし、もしかしたらわからなくて困っている可能性だってある。だとしたら私はどうしたら……

なんならわかりやすい所持品とかを教えておくのはどうか。今持っているバッグの色とか、履いているパンプスの色とか。

バッグからスマホを出して、その辺りを汐見君に伝えようか考えながら画面をタップしていた。すると、ホームの方から走ってくる女性の姿があった。

案の定、私が予想した人が目の前に現れた。汐見君の事務官をしている村上さんだ。

私の前に立ち「お待たせして申し訳ありません!!」と勢いよく頭を下げてくる彼女に、私も慌てて頭を下げた。

「いえ、とんでもないです!!　わざわざありがとうございます」

「えっと……日沖さん、ですよね？　この前ご挨拶させていただきましたが、汐見検事の事務官をしております村上と申します」

村上さんは急いで来てくれたのか、まだ肩で呼吸をしていた。そんな姿を見ると、なんだか申し訳ない気持ちになってきた。

ちょっと気になることはあるけれど、こうして彼に頼まれたものを持ってきてくれたのだから、本当にありがたいと思った。

「先日はどうも……。日沖といいます。よくわかりましたね？　私、もしかしたら顔を覚えていらっしゃらないかなって心配していたので……」

「問題ないです。日沖さん、とても可愛らしい方なのですぐわかりました。それと汐見検事ですが、まだ仕事が終わる兆しが見えないということで、今日は来られないとのことです。大変申し訳ないと頭を下げておりました」

「えっ、いいんですよ！　そんな、汐見君が忙しいのは百も承知なので……それより、届けてくださりありがとうございます」

「あっ、はい。こちらです。賞味期限は明日となっておりますので、早めにお召しあがりください」

村上さんがシルバーの保冷バッグを掲げて、私に差し出す。丁寧に保冷バッグに入れてくれたことにも感謝し、中を確認した。確かにあんみつが入っているであろう半透明のプラカップが二つある。それと、別添えの黒蜜も。

「あんみつ二つも。ありがとうございます、帰ったら早速いただきますね」

「いえ。こちらこそもらっていただき助かります。汐見検事もくれぐれもよろしく伝えてくれと申しておりましたので……」

「そうでしたか……。届けていただいてありがとうございます。村上さんもこのあとはまたお仕事に戻られるんですか？」

「はい」

真顔で頷く村上さんに、心からお疲れ様です、と思った。

「なおさら申し訳なかったです、すみません」

「いえ。日沖さんは汐見検事のその……大切な方だと伺っていますので。汐見検事には私もお世話になっているので、これくらいさせてください」

——汐見君……村上さんに何言ってるの……

恥ずかしくて顔が熱くなりかけたのを、深呼吸して誤魔化す。

「大切……あの、学生時代からの知り合いなんです。それで」

「でも、汐見検事はあなたのことが好きだと」

きっぱり目を見て言われてしまう。

——ちょっと汐見君。あなた職場で何を話してるの。

軽く怒りが増したけど、なんとか笑顔を作った。

「……な、なんていうかその……微妙なところでして……」

若干顔が引きつる私の顔は見ずに、村上さんが目を伏せる。

「いえ、誤魔化さなくても大丈夫です。お二人がそういう関係なのは見てすぐわかりましたから。なんせ、汐見検事があなたの前だと別人のようなので」

「別人？　汐見君がですか？」

何気ない私の質問に、村上さんが無言で頷く。

「汐見検事はお若いのに、感情に左右されない立派な検事です。的確に善悪を見極められる聡明《そうめい》さはまるで熟練の検事のようだと称されております。うちの地検では確実にエリートです。そんな汐見検事が、あなたのことになると感情を露わにするんです。それは、うちの地検にいる人はほぼ全員見ています。それだけで、ああ、その人は汐見検事の最愛の人なのだと理解できました」

「……ぜ、全員が見てるって……どういう……」

「定時で帰るとき、このあとの予定を聞かれて、嬉しそうに好きな女性と会うと……」

——もー、本当に汐見君……

穴があったら入りたい心境だ。

「なんか、すみません……」

「いえ、とんでもないです。日沖さんは大変なお仕事をされている汐見検事の心の癒やしなんだなって思って、なんだか羨ましいです」

「そんな、立派なものではないですけど……でも、ありがとうございます……」

あんまり謙遜するのもなあと思い、素直に受け取っておく。

お礼を言ったあと、なぜかじっと見つめられる。

「……日沖さんは、優しそうな方ですね」

「えっ？　そ、そうですかね……」

特別自分が優しいとは思ったことがないけどな、と心の中で首を傾げた。

「はい。雰囲気が柔らかくて、見ているだけで気持ちがほっこりするといいますか……汐見検事が好きになるのが分かる気がします」

返す言葉に困る状況がずっと続いている。これは、どうしたものか。

苦笑していると、そんな私に気がついたのか村上さんがハッとする。

「あっ、ごめんなさい！　あの、困らせようとしたのではなくて、ただ本当に見たままの印象をお伝えしたかっただけでして……」

「あはは。大丈夫です。さすがに面と向かって言われると照れますけど……嬉しいです」

「では、戻ります。本当にすみませんでした」

きちんと姿勢を正して、また頭を下げてくる村上さんに、こっちが恐縮する。

この人めちゃくちゃ礼儀正しいな。

「ややや、とんでもないです！　持ってきてくださってありがとうございました！」

頭を下げてから体勢を戻すと、村上さんが小さく会釈して私に背を向け、駅構内に消えていった。

「……帰ろ」

せっかくもらったんだし、帰ってあんみつを食べよう。……と。その前に汐見君に連絡した方がいいか。

――無事村上さんに会って、あんみついただきましたよ……っ、と。

メッセージを送信して、スマホをバッグにしまう。

それにしても、この前村上さんに会ったときはあまりいい印象じゃなかった。でも今日は違った。もっと冷たく対応されるんじゃないかって、あの人に会うのが少々怖かったのに。

汐見君に頼まれたとはいえ、わざわざ私にあんみつを届けてくれるなんて。

私が勝手に怖い人だと思い込んでいただけで、実はすごくいい人なのかも。だとしたらあの人にとても申し訳ない気持ちになった。


帰宅して、まず夕飯を食べてからあんみつを食べることにした。

パッケージにある老舗甘味処はだいぶ前に店舗で食べたことがあるし、デパートに入っている店舗で持ち帰り用にこれとほとんど同じものを買ったこともある。でも最近は食べていなかったし、どうやらこれは期間限定のあんずが入っているバージョンで、お得感が増した。

「ん。美味しい」

間違いない美味しさに、自然と頬が緩む。あんこも甘さが控えめだし、黒蜜も甘すぎず寒天との相性が抜群だ。

口の中に広がる上品な甘みを堪能しながら、ふと汐見君を思う。

さっき汐見君に送ったメッセージは、夕飯前に確認したところまだ既読がついていなかった。ということは、彼はまだ仕事中かもしれない。

忙しいんだな……とあんみつを食べ進めていた私の頭に、村上さんとの会話が浮かんできた。

周りに私のことを好きな人です、と言ったり。私が絡むと別人のようになるとか。それって本当なんだろうか。

——私が言うのもなんだけど、どんだけ私のこと好きなの、汐見君……

ここまで惚れられると、一周回って笑いがこみ上げてきた。いや、もちろんあんな素敵な人に好かれているって、とってもありがたいことなんだけど。

スプーンであんこをすくい、口に運ぶ。

職場で私のことを好きな人だと言う。そんな汐見君を想像してみた。

今日自分が待ち合わせ場所に行かれないからと、村上さんにこれを届けてくれと頼み込む汐見君の姿も勝手に想像して、ため息が漏れる。

――汐見君って、本当に……

以前、私になんでもいいから自分を呼んでくれ、と切羽詰まったような顔で言われたことも思い出す。

あんなに頭のいい人が。職場でもエリートだって言われるような人が。プライドなんかかなぐり捨てて私に会いたいと縋ってくる。それってすごいことなのでは。

「…………うん……」

彼からの愛情の重さが身に染みた。

このときなぜだかわからないけれど、自分が今までこだわっていたことが割とどうでもよく思えてきた。

検事の汐見君と自分じゃ釣り合わない。でも、そんなの今更だし。昔振ったことを申し訳ないと思っていたけど、向こうが傷ついていないと言うのなら、私が気に病む必要はないわけで。

転勤のことは、そうなったときに考えればいいし。

彼のご家族がすごすぎて引いてたけど、家族と付き合うわけじゃない。そして、谷さんのことはもうどうしようもないっていうか、それは汐見君に頑張ってもらえばいいかと。全てのことが私の中で納得がいったというか、腑《ふ》に落ちてしまった。

――私、急にどうしたんだろ。これまであんなにいろいろ気にしていたのに……

もしかして仕事が決まって気持ちが落ち着いたせいだろうか。それとも、汐見君の側にいる村上さんが実はいい人だったからだろうか。

とにかく、今の私には彼と付き合えない理由がなかった。

「……そうだね……。そうだな……」

あんみつを食べ終えて、カップを洗ってから捨てた。片付けを全て終えてからリビングに座り込み、スマホを手に取った。

汐見君にメッセージを送りたい。

まだ既読のついていないメッセージを眺めながら考える。

回りくどいのはやめよう。簡単にわかりやすく、手短に。

【汐見君のことが好きです】

あっさりしすぎかな、と思ったけど、これが一番わかりやすい。

数秒悩んだあと、ええい！　とメッセージを送ってしまった。

あの人どんな反応するかなと思いつつ、お風呂に入る準備を始めようとした。しかし、いきなりスマホに着信があって「えっ!?」と手を止めた。

画面を見れば、着信は汐見君からでドッ！　と心臓が跳ねた。まさかこんなに早く反応されるとは思わなかった。

——て……てっきりまだ仕事中だと思ったのに……!!

恐る恐るスマホに手を伸ばし、応答をタップした。

「もしも……」

『衣奈!? 今のっ、今のなに!?』

こんなに食い気味の汐見君は珍しい。

「今のは、その……私の正直な気持ちです。……あ、これってあんみつをくれたから好き、とかっていうんじゃないよ? じゃなくて、これまでのことを含めて私、やっぱり汐見君のことが好きだなって思ったからで……て、汐見君仕事は終わったの? 今どこに……」

『仕事終わって帰る途中。衣奈に連絡しようかどうしようか考えてたらいきなり画面にあんな通知が……あれを見てじっとしてられるわけないよ、慌てて電話しちゃったよ』

「はは」

『それよりも、その……本当に? 衣奈、俺に関して気になることいくつもあるだろ? 家のことと谷さんのこととか』

「やっぱり気付いてたんだ」

すぐに口から出てしまったこの言葉に対し、汐見君は冷静だった。

『気付くも何も、谷さんは昔からあんな感じだし。それに彼女がどうとかは関係なくて、俺の気持ちは変わらないから。だから気にしてなかっただけだよ』

——相変わらずだなあ、こういうとこ。

「気にならなくはないけど、もう気にしても仕方ないかなって思えてきて。汐見君のことだから、その辺りはどうにかしてくれるんじゃないかって。完全に汐見君任せだけど」

『いいよ。任せてよ。それよりもさ』

「うん？」

『今から衣奈のところに行ってもいい？』

「え……今から？」

思わずテレビ横にある置き時計に目を遣った。すごく遅いわけでもないけど、早くもない。来てもらってもいいけど、きっと彼が自分のマンションに戻るのは遅い時間になってしまう。

『ずっと好きだった衣奈に好きだって言ってもらえたのに、本人が目の前にいないなんて我慢できない。どうしても衣奈に会いたい。……だめかな』

こんなふうに言われて拒否なんかできるわけがなかった。

「わかった。いいよ。うちの場所はわかるかな、前送ってもらったときに私が降ろしてもらったところ……」

『うん、わかる。詳細な住所を送ってもらえるかな。それと』

「うん」

『俺、そっちに行ったら間違いなく衣奈を抱くと思う。だからそのつもりでいて』

抱く、という単語に息を呑む。その間に通話が切られていて、耳元にあるスマホからはツーツーと音が聞こえてきた。

――ちょっ……

彼が言ったことに顔を赤らめている場合じゃない。どんな手段を使うかわからないけれど、あの人のことだ。きっと最短時間で来るはず。

まず部屋のある場所の詳細をメッセージで送り、急いで部屋を片付けた。彼の言葉が本当なら、念の為ものすごい速さでシャワーだけ浴びておいた。

――これでさっきの「抱く」が冗談だったら私、どれだけ彼に抱かれたいのかっていう……

あはは……と心の中で乾いた笑いを浮かべる。

すると、三十分ちょっと経った頃、部屋のチャイムが鳴った。

「早っ！」

急いで玄関に向かい、チェーンを外さずにドアを少し開けた。

「衣奈？　俺」

間違いなく汐見君だと確認できたので、一旦ドアを閉めてチェーンを外し、再びドアを開ける。

「ごめん、お疲れ様で……わっ⁉」

ドアを開けた途端、汐見君が私に覆い被さってきた。

「ただいま」

私の体に彼の腕が巻き付いていて、離れそうにない。

ドアを閉めたかったので、玄関の奥の方まで来てもらう。無事にドアを閉めてから、彼の胸に手を当てて、少しだけ距離を取った。

「お仕事お疲れ様です。夕飯食べた？」

「まだ。食事のことなんか考えなかった」

今の彼の顔は、まるでご主人様の帰りを待ちわびた子犬のようだった。いや、立場逆なんだけど。と思ったけど、私達の場合待たせたのは私か、と理解した。

「とりあえず入って。狭いけど……」

汐見君のマンションに比べたらとんでもなく狭くて申し訳なかった。

「ここまでどうやって来たの？　早かったけど」

「タクシー。最短距離でお願いしたら思いのほか早くてびっくりした」

汐見君が脱いだジャケットを受け取り、ハンガーにかける。上半身は白シャツとベスト、下はスラックスという姿の汐見君は何度も見ているはずなのに、なぜか緊張する。

「じゃ……なにか食べる？　作ろうか」

黙っていると緊張が増しそうだったので、キッチンに行こうとした。でも、腕を掴まれ阻止される。

「食べ物はいいよ。夕方軽く食べてるから、なんとかなる。それよりも」

背後からぎゅっと抱きしめられて、身動きができない。

「衣奈を抱きたいんだけど」

肩の辺りに汐見君の頭がある。私がそっちを向くと、彼のさらさらの髪が頬に触れる。

「……有言実行だね」

「うん。だってそのつもりで来たから」

かーっと顔が熱くなってくる。胸の下辺りにある汐見君の手に自分の手を重ねた。

「あ、でもうち……ゴムない……」

「買ってきた」

この短時間によく。

よく見たら、彼の手にはコンビニでの買い物らしきビニール袋があった。

体を汐見君に向け、向かい合う。

「いろいろごめんね」

謝ったら、小さく首を横に振ってくれた。

「いいんだよ。他に考えなきゃいけないことがあれば、気がそっちにいくのは当たり前のことだ。俺のことはついででいいよ」

「いいの？」

「その代わり、衣奈の人生にずっと関わるつもりでいるから。覚悟しておいて」

これってもう、実質的なプロポーズだなあ、とぼんやり思う。

「うん……」

「じゃ、そういうことで」

腰に腕を巻き付けた汐見君が、いきなり私を持ち上げた。

「ひゃっ……!?」

いきなりなに!?　と混乱したまま、彼がそのまま私をベッドに連れて行く。ベッドの端っこに座らされると、すぐに汐見君の顔が近づいてきてキスされた。

初《しょ》っ端《ぱな》から舌を絡め合う艶《なま》めかしいキス。その合間に汐見君が忙《せわ》しなくジャケットのボタンを外し、脱ぎ捨てた。

——皺《しわ》になっちゃう……

ジャケットが気になって手を伸ばそうとしたら、その手首を掴まれた。

「気にしなくていいよ」

唇を離した隙にそう言い捨て、また口を塞いでくる。そんな汐見君が私の胸の上に手を載せたとき、手が小さく揺れたのがわかった。というのは、私がノーブラだったからだ。

「……衣奈、ブラつけてないの」

「だってここ、私の部屋だし……今日はもうどこにも行かない予定だったし」

「それもそうか」

口がくっつくかつかないかの距離で話していると、汐見君の手が胸の先に触れた。

「んっ」

触れただけで身じろぎしたら、彼が嬉しそうに微笑んだ。

「気持ちいい？　衣奈は敏感だから」

「そんなこと、な……」

違うと言いたいのに、彼の指が執拗にそこばかり攻めてくる。指の腹でぐりぐりと押したり、二本の指で摘まんでみたり。

別に特別敏感じゃなくても、そんなことばかりされたら固くなるのは当然だと思う。

「固くなってきた」

「だって………ン……」

愛撫しているところを直視できずに顔を背けていると、部屋着の裾を掴まれ、胸の上までたくし上げられた。ブラジャーを着けていない私の胸は、自然と汐見君の前に晒《さら》されることになる。

「……っ、衣奈の胸、いつ見ても綺麗」

乳房を見て息を呑んだあと、彼が両手で包み込むように乳房を掴んだ。そのまま指の腹で揉み、中心の尖《とが》りに顔を寄せ舐め始めた。

「あ、あ……ッ、ん……」

片方の乳房は指で中心を弄《いじ》り続け、もう片方の乳房の中心は丹念に舐め上げてくる。彼が舌を這《は》わせるたびに聞こえてくるピチャ、という音がとても艶めかしくて、舐められるたびに羞恥を煽《あお》ってきた。

「ん、んっ……」

「衣奈のここ、美味しい。ずっと舐めていたい」

「やだ、そんなの……へ、へんた……」

変態と言いかけて、こんなに頭のいい人に変態ってどうなの、と思いとどまった。でも、当の本人は自覚があるのか、まだ舌で愛撫をしながら笑っていた。

「変態？　まあ、そんな感じだよね。否定はしない」

「してよ……」

呆《あき》れていると、いきなり彼の手がショーツの中に差し込まれた。驚いて下腹部に力を入れていたら、割れ目の奥に指を入れられてしまう。

「あっ……！」

多分もう濡れている。その証拠に、奥に差し込まれた彼の指が、なんのひっかかりもなく私の中に入ってきた。

「衣奈、すごい。もうぐちゃぐちゃだ」

「い……いやだ、いわないで……」

「こっちも舐めたい。だめ？」

胸元から視線を寄越す汐見君に怯む。恥ずかしいけど、嫌とは言えなかった。

「い……いいよ……」

ためらいつつ承諾すると、彼は素早く私のパンツとショーツを一緒に下ろし、脚から引き抜いた。待ちきれないとばかりに忙しなく脚を開き、その間に自分を割り込ませると、すぐ脚の付け根に舌を這わせた。

「んあっ……!!」

反り返るほどの快感が襲い、下腹部がキュンキュンと疼く。彼の愛撫は徐々に激しくなり、舌全体で割れ目の奥を舐め上げたり、敏感な蕾《つぼみ》に集中して舌を這わせ、時々それを吸い上げたりされた。

――だめ、だめそれ……っ!!　我慢できないっ……!!

激しい愛撫に蜜口からは蜜が溢れる。彼はそれをたまに舐め上げ、指に纏わせてから中に差し込んだりした。途中からはもう何をされているのかがわからなくなるほど、気持ちよすぎておかしくなってしまいそうだった。

「あ、あ、あ。だめっ、いっちゃう……いっちゃう……!!」

「いいよ、イッて。どうするのが気持ちいい？　これ？」

彼が私の気持ちいいところを探るように、ひと舐めしては動きを止め、私の反応を見ていた。それを繰り返しているうちに、彼は私の反応が一番いい場所を見つけたようだ。

「ここだね」

こう呟いてすぐ、そこを強く吸い上げた。

「〜〜〜〜っ!!」

声にならない叫びと共に、一気に快感が高まり、そのまま達してしまう。

「あっ……はあっ、は……」

「ここがいいところなんだね？　しっかり覚えておかなきゃ」

クスッとした汐見君が、白いシャツのボタンを外す。それを脱ぎ捨てると、スラックスのベルトを外しながら立ち上がった。

　持参したビニール袋から避妊具を取り出し、箱を開ける。それを装着する場面は見ちゃいけないような気がして、目を逸らした。その間にまだ身に付けていた部屋着を脱ぎ捨て、生まれたままの姿になり、布団の中に入って汐見君を待つ。

「お待たせ」

　避妊具を付け終わった彼が布団の中に入ってきた。すぐに私の上に覆い被さり、強めに唇を私のそれに押し当ててくる。唇を離すと、彼は嬉しそうに微笑みながら私の頬を撫でた。

「衣奈に好きって言ってもらえてすごく嬉しかった。さっきまでの仕事が超胸クソだったんだけど、そんなことも忘れるくらい幸せな気持ちになれたよ」

　——……超、胸クソ……

「本当にお疲れ様です。……汐見君が大変なとき、私あんみつ食べてすごく癒やされてた……なんかごめん……」

「全然いいよ。あんみつも俺があげたやつだし」

　汐見君が首筋を吸い上げた。チクッとした痛みすら幸せだと思う私は、もうすっかり汐見君の虜《とりこ》になっている。

「あっ……」

首筋から鎖骨、そして胸へと移動した唇が、胸の頂を強めに吸い上げる。それがまた私に甘い刺激を与えてきて、達したばかりなのにまたお腹の奥がキュンとする。

「衣奈……挿《い》れていい？」

「うん……」

布団の中でもぞもぞと汐見君が動く。ややあってから、固い屹立が脚の付け根に押し当てられ、そのまま私の中に飲み込まれる。

「んっ……！」

「衣奈の中、気持ちいい……ずっとこのままでいたいくらい」

奥まで入れたあと、彼は一度その屹立を引き抜き、浅いところを何度か往復していた。そのときに襞の奥にある蕾を掠め、こっちはビクン！　と腰が揺れてしまう。

「あっ……！　そこ、やっ……」

「衣奈はここが好きなんだもんな、知ってる」

いたずらっ子のように笑い、わざとそこを指で愛撫してくる。

「んっ、ん……っ、だからあ、そこ……」

「わかっててやってる」

ひどい、と口パクで訴えたら汐見君が「ははっ」と笑っていた。

「でも、今日は俺ももうもたないかも。すぐイッちゃったらごめんね」

嘘なのか本当なのかわからないことを言って、彼が再び私の中に自身を沈めた。奥まで達したあと、円を描くように腰を動かしながら、私の中を余すところなく味わっているようだった。

「あっ！」

かと思ったら一旦腰を退き、強めに腰を打ち付けてくる。それを何度か繰り返されているうちに、だんだん思考能力が奪われていった。

「ンッ……は、あ……っ、し、おみっ、君っ……」

「衣奈……っ、衣奈……好きだ……っ、俺と、ずっと一緒にいてくれるんだよね……っ？」

気持ちが込められているせいか、だんだんと突き上げが激しくなってきた。

「あっ、や、ンっ。い……いるっ……ずっと……いっしょにっ、いるからあっ……」

絶え間なく打ち付けられて、自分でもわけがわからなくなる。

キスをせがまれ、舌を出してそれに応えた。口を開けたまま数回舌を絡め合ってから、舌をまるごと食べられるようにキスをされ、なんだか本当に食べられているみたいだな、などと思ったりした。

普段は物腰が柔らかい汐見君が、夜になると男を剥き出しにして私を求めてくる。

ギャップに驚くけれど、嫌いじゃない。むしろそんな汐見君にゾクゾクした。

「……っ、く……いくっ……………」

苦しそうに声を絞り出した彼が、強く奥を穿ったあとに達した。被膜越しに精を吐き出すと、彼がバタリと私のすぐ横に倒れ込んでくる。

ハアハアしてる汐見君、可愛い。

そんなことを思いながら彼を見守っていたら、むくっと体を起こし、私にチュッとキスをした。そのままベッドの端っこに腰を下ろし、避妊具の処理をしてまた戻ってきた。

「衣奈、大丈夫？　体キツくなかった？」

真っ先に体を気遣ってくれるのが嬉しかった。この人のこういうところが好きだなと思う。

「うん、大丈夫」

汐見君が私の頭の下に腕を差し込み、もう片方の手は私の腰に回してくる。

「あー、幸せ」

噛みしめるように呟くと、汐見君が私の頭を自分に引き寄せた。

「このままずっと一緒にいたいなあ……。明日の仕事、休もうかな」

「えっ」

冗談とも思えなくて、反射的に顔を上げて汐見君を見た。

「はは。冗談だって。気分としては休みたいけど、体調不良でもない限り休んだりしないよ。衣奈だって仕事があるしね」

「なんだ……びっくりした。……あの、汐見君。こんな状況で言うのもなんだけど、早く帰った方がいいんじゃない？」

愛し合っている間にすっかり時間も経過した。今から帰ったとしても、彼が家に到着するのは遅い時間になってしまう。

それを気にしていたのだが、このあと汐見君からまさかの言葉が出てきた。

「え。俺、今夜は帰らないつもりでいたけど」

「………えっ！　そうなの⁉」

「うん。だから泊まりに必要な物は買ってきた。歯ブラシとか、靴下とか？　シャツは職場に行けば替えがあるし、スーツはもう一日くらいどうってことないかなって」

淡々と説明する汐見君に驚く。でも、まだ一緒にいられるとわかり、胸に広がるのは喜びだった。

「そっか。まだ一緒にいられるんだね？　嬉しい」

素直に気持ちを伝えたら、なぜか汐見君が小さく震え出す。

——え。なに、どうしたの？　私、なんか変なこと言ったかな……

理由を考えていたら、いきなり「衣奈‼」と名を呼ばれて強く抱きしめられた。

「可愛いっ‼　俺、もう衣奈と離れていたくない……‼　俺もここに住みたい……‼」

「えっ……。う、うちに⁉　それは……嬉しいけど、さすがにちょっと物理的に無理かと思うんだけど……」

こう言うと、汐見君が不満そうな顔をした。

「そうかな。ほら俺転勤ばっかりだったから荷物が少ないんだ。いけると思うけど」

「ていうか、汐見君の部屋の方が私の部屋の何倍も広いから、単純に勿体ないと思う……うちの近く、駐車場もないし」

現実的なことを挙げたら、さすがに汐見君もそっか、と納得してくれた。

「駐車場問題か。……仕方ない、ここに住むのは諦めるか……」

よかった。諦めてくれた。

安心していると、なぜか彼がにっこり微笑んだ。

「衣奈がうちに来ればいいんじゃない？」

「は。……いやいや。だって、あのお部屋お兄さんの持ち物でしょう？　私が住むのはまずいのでは」

「ぜーんぜん。あの人、投資用の物件いくつも持ってるから。なんなら俺があそこ買うって言えば二つ返事でＯＫくれると思う。もし渋られたら俺が新たな物件を買えばいいだけだしね」

なんだか話が大きくなっているような気が。

ここは止めなければいけない、と咄嗟に思った。

「ちょ、ちょっと待って……そんな、すぐにいろいろしなくっていいから。私もこれから職場変わったりするから、住環境まで変わるのはちょっときついといいますか……」

「それもそうか。じゃあ、もう少し待つよ。でも、俺はいつでも衣奈と一緒にいたいと思ってる。そのことだけは忘れないで」

「……わかった」

一緒にいたいと思っているのは私もだけどね。

でも、今これを言ったらまた汐見君が暴走しそうだったので、やめておいた。

このあと何回か愛し合い、そのまま寝落ちた私達は、少し早めの時間に起きてシャワーを浴びた。朝食は、おにぎりと味噌汁《みそしる》という超簡単なものだったけど、彼は喜んでくれた。

前の日と同じ物とは思えないシャツを身に付けた汐見君は、私の部屋から爽やかに出勤していった。

「行ってきます」

「行ってらっしゃい」

まるで新婚さんみたいだなあ……などと思ってしまい、汐見君が出て行ったあとも顔が緩んで仕方なかった。

第六章　汐見君と谷さん

あまり気にならなくなったとはいえ、谷さんが汐見君のことを諦めたとは思えない。

この間の感じからすると、汐見君は谷さんが自分に気があることを承知しているようだけど。

——汐見君はどう対処するつもりなんだろう……？

頭の片隅にそんなことを考えながら数日が経過した。

現在の勤務先での勤務も僅かとなったが、残っていた有給を消化することになったので、今日はのんびり過ごしている。

もちろん汐見君とも順調だ。

彼は毎日のようにメッセージや連絡をくれるし、週末には私が彼のところに会いに行ったり、彼が仕事帰りに会いに来てくれたり。

会っているときは幸せだし、彼自身に不安を感じることは何もない。でも、彼の口から谷さんの名前が出ないことが若干気にはなっている。

——あれから谷さんが汐見君に何も言ってこない、なんてことはないと思うんだけど……

「……て、思うんだけど。かなみはどう思う？」

突然私にそんなことを振られたかなみも、うーん、と渋い顔をする。

ちなみに今はかなみの喫茶店にいる。

有休消化で時間があるときは、たまにこうして喫茶店に出向き、一日の仕事の流れを勉強させてもらっている。

忙しい時間帯にこんな相談はできない。さっきまで混み合っていたのだが、たまたまお客様がいなくなったタイミングでこの話を切り出した。

「二十九で司法試験かあ……。受けようとしてるのもすごいけど、その人本当に試験を受けるのかな～って思っちゃった。あ、私性格悪いね」

あはは、とかなみが笑う。

私も同じことを思っちゃったので、一緒である。

「大丈夫。私もそう思ったもん。それに、この前汐見君もそんなようなこと言ってた。参考書や問題集も、勉強してる形跡があまりなかった、みたいな。あのままじゃ受からないって断言してたよ」

「じゃ、やっぱりそうなんじゃないの。試験をダシにして汐見さんに近づこうだなんて、そんな調子のいい女放っておけばいいじゃない。汐見さんもそう思ってるから何も言わないのでは？」

「そんな気がしてきた……汐見君って、表向きはすごく温厚な感じなんだけど、興味ない人とか物事にはすごくドライっていうか。そういうタイプだから」

食洗機に入っていたグラスを食器棚にしまっていたかなみが、私を見てふふっ、と笑った。

「違うでしょう。衣奈には優しいけど、それ以外の人には興味がないってことでしょ。とくに女性に対してはね。彼氏としては最高じゃない。誰彼構わず優しくして下手に相手をその気にさせてもいけないしさ」

「それはそうかもしれないけど……」

「だって、あの顔とスタイルで、しかも検事だなんてすごいスペック持ちじゃない。なかなかいないよ。その女性もなんとかして彼に近づいてチャンスを得たいって思ってるんじゃないの」

「それはなんか……わかる」

汐見君みたいな人、身近にいないもの。

あの人に近づきたい、あわよくば好きになってほしいと願う気持ちは、同じ女性だからこそ理解できてしまう。

「でも、汐見さんならしっかりどうにかするんじゃないかな。そういうことにも詳しそうだし……」

「なのかな。だったらいいんだけど」

できれば谷さんが傷つかず、汐見君も苦労しない方法でことが済めばいいんだけど。

……そんな方法存在しないか。

つくづく、恋愛の難しさを思い知る。

「それよりさ、衣奈、うちで働くようになったら、まずホール担当してもらって、慣れてきたらキッチン担当になるけど、そしたらホットケーキ作りを任せようかと思ってるの」

まさに今、生地の入ったボウルを泡立て器でカシャカシャとやっているかなみが、鉄板に視線を送りつつ私に「どう？」と訊ねてくる。

「えっ。そんな責任重大なお仕事を私がやっていいの？」

「もちろん。生地作りから教えるから、慣れてきたら焼きもやってもらおうかなって。時間がかかるから、焼き方を知ってる人が何人かいると助かるし」

「も、もちろんです！　やらせてもらえるなら精一杯頑張ります！」

「おっけー。じゃあ、今日は焼き方だけ。このパンケーキリングを使って焼くよ～」

鉄板にパンケーキリングを置き、その中に生地を流し込んでいく。

「弱火でじっくりね～。表面がプツプツしてきたらひっくり返してね。裏返したら三分半くらいかな。弱火で。最初のうちはタイマーを使ってもいいよ。んで、うちは二枚で一人分なので、これを二つ焼いていくの」

「なるほど……」

自分で焼いたこともあるけれど、私が焼いたのはこんなに厚みのあるホットケーキではなかった。焼いているうちにしっかりと膨らみ、時間が経つごとにいい香りがしてきた。

「焼き上がる前にバターを用意してね。冷蔵庫に予めカットした物が入ってるから、それをぽん、と載せて。メープルシロップは種類がいくつかあるんで、そこはお客様の好みにお任せで」

ちなみにこれらのメープルシロップは、かなみやマスターが食べ比べてホットケーキに合うものを選んだのだそうだ。こだわりがすごい。

「リングを外してお皿に載せてバター載せて……できあがり。どう？　そこまで難しくはないでしょ？」

できあがったばかりのホットケーキを前に、「おおお……」と勝手に声が出てしまう。

どうしてできたてのホットケーキってこんなに美味しそうなのだろう。いや、実際美味しいんだけど。

「そうかもしれないけど、慣れるまではちゃんと作れるかどうか緊張するよ……失敗したらお客様をお待たせしちゃうし」

「もちろん最初のうちは私か母がついてるから大丈夫。ホットケーキに慣れたら、今度パフェもいってみよう」

「パフェ……!!　もっとハードル高いヤツ……!!」

この店のパフェは種類がいくつかある。フルーツの飾り切りが載っているフルーツパフェに、店のコーヒーを使ったコーヒーゼリーのパフェ、抹茶やあんこ、寒天を使用したあんみつパフェなど。

写真を見せてもらったけど、どれもなかなかのボリュームである。

「だいたい分量がこれくらい、って決まってるから、順番に入れるだけでそう難しくないよ。あとはホイップか。普段ホイップを使うことは……」

「ないですよ……」

「それもそうか」

今度ホイップクリーム買って家で練習しようかな。

かなみがグラスに流れるような所作でパフェの具材を入れて、ホイップしていくのを眺めながらそう思った私なのだった……

数日後の夜。私は汐見君の部屋に来ていた。

仕事を終えた汐見君と駅で待ち合わせをして、途中で美味しいと評判の焼き肉屋で焼き肉弁当を買った。それを持って彼の部屋に行き弁当を食べ終え、二人でリビングにある大画面テレビで、バラエティ番組を観《み》ながらまったり過ごしているとき。ふと谷さんのことを思い出した。

聞いてもいいか数秒悩んだけど、ずっとモヤモヤしているくらいなら聞いた方がスッキリする。

だから思いきって聞いてみることにした。

「あのさ汐見君」

「うん？」

「……最近、谷さんから連絡ってきた？」

ソファーの隣に座っている汐見君は、谷さんの名前を出した瞬間、少々表情が強ばった気がした。でもすぐいつもの笑顔に戻った。

「谷さん？　うんまあ、ちょこっとあったけど。でも、あれから会ってないよ。忙しいし、彼女に会うくらいなら衣奈に会いたいし」

「でも、それで谷さん、納得してくれたの？」

「一応わかった、とは言ってたけど。納得してるかどうかまではわかんないな。あの人、何考えているかわかりにくいし」

「……そっか」

——そう簡単に納得しないと思うんだけどなあ……

私が目を伏せると、すぐに汐見君が肩をポンポンと叩いてくる。

「大丈夫だって。衣奈が心配するようなことじゃない。もしなにか言われても、毅然《きぜん》と対応すれば問題ないよ」

私を心配させないよう微笑む汐見君に、少し肩の力が抜ける。

「そうだね、それしかないもんね……」

「そうそう。で、今度よかったら映画でも行かない？　俺、観たいヤツあるんだけど」

「うん。いいね。最近映画全然観てないから久しぶり」

一瞬彼の顔が強ばったのは、ただ単に彼女の名前が出たからだろうか。

それともなにか他の理由があるのかと思ったりもしたけれど、映画の話題に話が切り替わったせいもあり、そのことをすっかり忘れてしまったのだった。

映画の上映スケジュールを見たら、汐見君が観たいと言っていた映画が今週の金曜までの上映とわかり、急遽《きゅうきょ》翌日行くことになった。

「じゃあ……私、汐見君の仕事が終わる時間に合わせて職場の近くまで行くよ」

今は有休消化中で家にいるし、全然問題ない。そう思って申し出たのに、なぜか彼が「あ～……」と視線を逸らす。

「いや、シネコンのある最寄り駅で待ち合わせでいいよ。衣奈に職場の近くまで来てもらうの申し訳ないし……」

「え。そんなことないって。私時間あるし……」

「でもいいよ。もし遅れそうなら連絡するし、カフェとかがある場所の方が待ちやすいでしょ？　うちの近くあんまりそういう店がないから……」

　このときぴんときた。

　もしかして、職場の同僚に私を見られたくないとか、別の理由があるのでは？

「ふーん……」

　もっといろいろ突っ込んで聞いてみようかと思ったけど、汐見君ほどの頭脳があれば私の追及など余裕でかわせるはず。

　気になりはするけど、まあいいやと諦めた。

「それより衣奈、今夜はどうする？　泊まってく？」

「あ……そうだね、どうしようかな……」

　泊まっていくつもりはなかったけど、明日も仕事がない身としては朝帰りでも昼帰りでも問題はないのだ。

「でも明日、映画観に行くんだよね？　だったらもうちょっとお出かけ用の服を着ていきたいかと……ほら、私、この部屋に持ってきてるのって歯ブラシとかシャンプーとか以外に部屋着とパジャマくらいしかないから」

これに汐見君が苦笑する。

「だからもっと荷物持ってくればいいのに。俺はいつからでも一緒に住みたいんだから」

汐見君が私との距離を詰めてくる。この流れは、このあと甘い雰囲気になるヤツだ。

「き……気持ちは嬉しいんだけど、その……私これから新しい職場で気を張るだろうし。多分、部屋に帰ってきたらぐったりするし。あまりそういう姿を汐見君に見せたくないと言いますか……」

これは、この場を取り繕う嘘とかではなく、本音だ。

だって、きっとくたくたで帰宅したら、夕飯を作る気力もない。そんなときに汐見君も残業とかで遅く帰宅したとして、だらだら転がっている私を見たらがっかりするかもしれない。

ちらっとそれらしきことを伝えたら、汐見君は「ないない」と言ってくれた。でも、私には自分の全てを曝《さら》け出す勇気がまだない。

「そんなのいいのに。余力があるほうが飯の準備したり、なんなら弁当でも惣菜《そうざい》でも買ってくればいいんだしさ。それに俺、家事は一通りできるから。全てを衣奈に任せたりなんか絶対しないよ？」

困り顔だけど、どこか楽しそうでもある汐見君がしっかりフォローしてくれる。

本当にこの人のこういうところ、尊敬する。

「汐見君は、スパダリだな……」

「えっ？　スパ……ダリ……？」

意味がわからないらしく、きょとんとしているところもまた可愛い。

私の彼氏、本当に最高なんだけど。

「最高の彼氏ってことです。とりあえず、一緒に住むかどうかはもうちょっと考えてみるね」

ざっくり意味を教えたら、彼はとても嬉しそうにしていた。

——まあ、いいか。ここまで言ってくれるなら、一緒に住むことも考えてみていいかもしれない……

とりあえず今夜は泊まっていくことにして、明日の朝、汐見君と一緒にこの部屋を出て帰宅しようと決めた。


翌日の朝、汐見君と一緒に彼の部屋を出た私は、一旦自分のアパートに戻った。掃除などの家事を済ませてのんびり昼間を過ごしたあと、汐見君との映画館デートに備えて準備を始めた。

普段あまり着ないよそ行きのワンピースに袖を通し、少し早めに待ち合わせの場所へと向かう。

散歩気分でぶらぶら歩き、このまま買い物でもしようかなと考えた。でも、昨日の汐見君の様子が気になってしまい、ふと考える。

——職場……行ってみようか。

もちろん中に行くわけじゃない。ただ、彼が普段どんな場所で仕事をしているのかとか、そういうのが気になっただけだ。

官公庁がひしめく中にある最寄り駅で降り、周りを見ながら歩く。

都内に住んでいても、あまり歩かないような場所に緊張が増してくる。そんな中、汐見君が勤務する場所……検察庁が見えてきた。

——うっわ、ここか……

威圧感のある大きな建物を前にすると、なんだか腰が引ける。

建物の入り口前には警備員が配備され、興味があるからとうろうろしていたら不審者として通報されそうである。

——はい、帰ろう。

こんな感じの職場でなにかあるわけもなさそう。汐見君の言う通りだった。

完全に私の取り越し苦労だったなあと思いながら、一番近い駅に向かっていたときだった。

駅へ降りていく階段。その隣に、女性が立っているのが見える。カットソーにカーディガン、ロングスカートを身に付け、Ａ４サイズの書類が軽く入りそうなバッグを肩にかけた、若い女性。

誰かと待ち合わせをしているのかな、と思いながらその人の顔を見たとき、ドクン。と心臓が跳ねた。

というのも、そこにいたのは谷さんだったからだ。

——えっ……!!　た、谷さん!!　なんでここに……

なんで、と思ったものの、理由なんか一つしか考えられない。汐見君だ。

彼女は汐見君に会うために、ここで彼を待っているのではないか？

——……もしかして、ストーカー……？

「……っ……」

そのことに気がついたら、心臓がバクバクして息苦しくなった。

もし、この前から汐見君が彼女にストーキングされているとしたら。だとしたら、私が谷さんの名前を出したとき、彼の表情が一瞬だけ強ばった理由はそれかもしれない。

私を職場に近づけたくなったのも、谷さんがどこにいるかわからないから？　そう考えると、彼女が汐見君のストーカーをしている説が有力になっていく。

——ちょっと……なんで言わないのよ、汐見君……！

絶対私に心配をかけたくなかったから、とか言いそうだけど。

でも、やっぱり好きな人が苦労していたり、悩んでいるなら力になりたい。そう思うのは自然なことではないだろうか。

彼女から見えない位置に急いで移動し、建物の陰からこっそり彼女の行動を盗み見る。

汐見君の終業時間まではまだだいぶ時間がある。彼女は一体どれだけの時間、ここに立って彼を待つのだろう。

——……長時間待つのが平気なくらい好き、ってことなのかな……いや、まだストーカーしてるって決まったわけじゃないし。

彼女の視線の先は、汐見君がいる検察庁がある。

建物の中にいるであろう汐見君を想っているのか。それとも、あそこで働くことを夢見て、勉強するためのモチベーションを保つためにここへ来ているのか。

後者の可能性は…………薄そう。

「どうしよう……」

かといって私が面と向かって説得するのは違うかな、と思う。

いくら私が汐見君の恋人だからといって、彼に頼まれてもいないのにここでしゃしゃり出て、「待ち伏せはやめてください！」とお願いしても、聞いてくれるわけがない。

むしろ余計に怒らせてしまい、汐見君への気持ちに拍車がかかる可能性だってある。

私は何もできない。それを思い知らされて、凹んだ。

——だから汐見君、私に話したくなかったのかな……

何もできないのにここにいても仕方ない。汐見君との待ち合わせ時間も迫っているし、移動することにした。

さすがに谷さんがいる駅階段を利用することはできなかった。他の入り口を探して歩いていると、別の入り口を発見したのでそちらから階段を下りていく。

このあと改札を通り、電車に乗って待ち合わせの駅に向かったのだが、どうやって駅に辿《たど》り着いたのかが全然思い出せない。

気がついたら駅に到着していて、ちゃんと電車を降りて待ち合わせ場所に近い改札を抜けた。

待ち合わせの駅のすぐ横にある駅ビルに入り、時間になるまでカフェに入って時間を潰すことにした。

駅に面してガラス張りになっているカフェは、駅構内を行き交う人がよく見える。

汐見君にメッセージを送り、谷さんがいたことを言いたい。でも、仕事中にそんなことをするのは邪魔になるだろうし……

ブレンドコーヒーを注文し、スマホを出したまま悩む。わざわざメッセージを送らなくとも、会った時に言えばいいかと思い直し、ただ待ち合わせの時間になるまでじっとしていることにした。

しばらくして、汐見君から仕事が終わったとメッセージが来た。それにホッとしていた私は、最寄り駅にいた谷さんを再度思い出していた。

――最寄り駅に……いたんだよね……。言った方がいいのかな……でもそれだと、止められたのに職場の近くまで行ったのがバレちゃうしなあ……

うーん……と悩んでいる間に数分が経過してしまった。これだともう手遅れだなと思い直し、そのまま汐見君を待った。

でも結局、汐見君が谷さんと遭遇してしまっていないか、もしかしたらあの場所でトラブルが起きているのではないか、などと考えてしまい、気持ちが全く落ち着かない。

――大丈夫かな、汐見君……。でも場所が場所だしなあ……多分なにか騒ぎがあれば、誰か飛んできてくれるんじゃないかな……

考え出したら、だんだん不安が大きくなってきた。

汐見君ならきっとうまくやるはず。だけどもし、想定外のことが起きたら？　もし谷さんが予想外の行動に出たら？

「……っ」

落ち着かない。

今すぐに彼のところに行きたい。そんな衝動に駆られながらも、汐見君ならきっとなにかあれば連絡をくれるはず。それを信じて、スマホを見つめ続けた。

——怖い……待っている間こんなに緊張するの、初めて……

汐見君の職場の最寄り駅からこの駅まではどんなに遅くとも十五分あればじゅうぶんなはず。もしそれ以上かかったら、こっちから連絡を入れよう。

……と。気合いを入れていたのに。

「衣奈。待った？」

予想通り十五分もかからずに、汐見君が私の前に現れた。

さすがにこんなに早く到着するとは思っていなかったので、汐見君を見上げたまま固まってしまう。

「……え？　は、早いね？」

「うん。走ったから。お陰でちょうどホームに入ってきた電車に乗れたよ」

確かに汐見君の額には汗が滲《にじ》んでいる。私の前の席に座りながら、ネクタイを緩めていた。

「あー、喉渇いた……。まだ映画まで時間あるよね。アイスコーヒーでも飲むかな」

「しっ……汐見君、なんともないの？」

驚きすぎて、思わず口から出たこの言葉に、彼が眉根を寄せた。

「なんともないって……なにが？」

「いや、だから……。……っ、あの、ごめん。実は私、ここに来る前、汐見君の職場の辺りを散歩してたの。そのときに……み、見ちゃって……」

「見たって、なにを」

汐見君は真顔のままだ。

「……谷さん……。駅に向かう階段のところにいたの……」

私がごめん、という気持ちを込めて汐見君を見ると、彼が口を開けてしまった、という顔をした。

「なんだ、見ちゃったのか。衣奈には知られたくなかったのになあ」

意外にも驚かないというか、あっけらかんとしている汐見君にこっちが驚いた。

「え……？　なんかあんまり深刻そうじゃない……？」

目を丸くしている私に、彼がにこりと微笑んだ。

「大丈夫だよ。でもその前にちょっと待っててくれる？　アイスコーヒー買ってくる」

ここはカウンターで注文し、商品を購入してから席につくタイプのカフェ。よって、汐見君が一旦席を立ち、カウンターに向かった。

どうやら予想していたよりも大変なことにはなっていない？　のかな？

さっきの汐見君の笑顔がそう物語っている。そんな気がしてならない。

話の続きが聞きたくてソワソワしながら、汐見君の戻りを待つ。数分後、手にアイスコーヒーの入ったグラスを手にした彼が戻ってきた。

「ごめん、お待たせ。さっきの話の続きだけど」

「うん」

私が真顔で彼の言葉を待っていると、それを見て汐見君が神妙になる。

「多分、心配かけちゃったよね。申し訳ない」

膝に手を置き、丁寧に頭を下げられてしまう。

「えっ。いやそんな！　謝らないでよ、汐見君が悪いわけじゃないんだから」

汐見君が頭を上げた。でも、まだ申し訳なさそうに目を伏せる。

「いやあ……それでも谷さんのことをちゃんとしなかったのは俺の落ち度だからなあ……。俺に執着するようになる前になんとかできたのではないかと」

「執着……ってことは、やっぱり谷さん、汐見君をストーカーしてるの？」

「ストーカーと言うほどでもないと思う。まだ職場前と利用している駅での待ち伏せ、一日に数回の電話……くらいかな？」

まるでたいしたことないよ、とでもいいたげな汐見君に、ちょっと待って。と手で制止する。

「くらい、じゃないよ……。まあまあしてるじゃない」

「え？　でも俺、仕事でもっとすごいストーカー見てるから。これくらいならまだ可愛い方かなって」

——そりゃ、あなたが見てきたのはストーカー行為の果てに相手を殺《あや》めてしまったり、殺しはしなかったけれど、それに近いくらいの怪我《けが》や心の傷を負わせた事件の被疑者や被告人ばかりだから。そう思うのかもしれないけどね……

私から見れば谷さんがやっていることは、じゅうぶんドン引きな行為です……

心の中で盛大にため息をつき、改めて汐見君と目を合わせた。

「で、これからどうするの？　谷さんを説得するの？」

「そうだね、近いうちに。一対一で話すのは避けたいから、谷さんに勉強を教えてやってくれと俺に言ってきた、松代を交えて話すつもり」

松代君か……。そもそも、なんで谷さんと汐見君を会わせるようなことをしたのかな。谷さんの恋路を応援してる……とか？

それ、なんかもやもやするな。

「あのさあ……その話し合いの場に私もいたらだめかな」

「え。衣奈が？」

「うん」

面白がっているわけじゃない。もし、必要であれば汐見君と付き合っていることを彼と一緒に証言してもいい。そう思って申し出た。

でも、汐見君はあまりいい顔をしない。

「……俺としては、あまり……。衣奈にもし彼女の怒りの矛先が向いたら困る。二十四時間一緒にいられたらいいけど、さすがにそういうわけにはいかないし」

「あっ、うん、まあそうか……。じゃあ、谷さんに見つからないように別の場所にいるのはどう？　そこで、必要なら私、汐見君の婚約者ですって名乗り出るけど……」

「それはありがたいけど……。まあ、そうだなあ。陰に潜んでくれたほうが俺としてはありがたいかな。あまり修羅場をお見せしたくはないんだけど、衣奈も無関係とはいえないし……それに衣奈の性格的にも……わかった。場所はこっちで考えてあとで連絡する。それでいい？」

「性格……？　よくわかんないけど、ありがとう」

彼に申し訳ないという気持ちもあるけれど、なにか私も力になれるなら手伝いたい。そんな気持ちで申し出たけど、思いきって言ってよかった。

「衣奈って、意外と気が強いっていうか。こういうの、大概の女性は関わりたくないって言うけど、衣奈は怖くないんだ？」

汐見君がアイスコーヒーを飲みながら、私に微笑みかける。

「そりゃ、谷さんが私につかみかかってきたりしたら怖いけど。でも、この先も汐見君と一緒にいるなら、この件は乗り越えなきゃいけないし、ちゃんとカタをつけるべきだと思ったの」

でないとずっと谷さんに怯《おび》え続けることになる。そんなの我慢できない。

アイスコーヒーを飲み終えた汐見君が、テーブルに腕を置き、グッと身を乗り出してきた。その顔は、笑顔だ。

「逞《たくま》しいなあ。俺、衣奈のそういうところも好きだよ。なんかさ、もう俺の奥さんみたいじゃない？」

「えっ……そ、そうかな」

「うん。もう、いつ周りに奥さんですって言っても問題ない感じ。まあ、俺はすでにそのつもりだけどね」

目を伏せて笑う汐見君の穏やかな顔に見とれた。

こんな素敵な人に好かれてる私、なんか……すごくない？

今になって自分の身に起こっていることが夢みたいだと思えてきた。いや、それはまあ、常々思っていることなんだけど。

汐見君にこんなことを言ってもらえる自分が好きだ。

今私、人生で一番自分のことが好きかもしれない。

ぽーっとしながらブレンドを飲み干した。私より後から来た汐見君は、もうアイスコーヒーをほぼ飲み終えていた。

「は、早いね。もう終わってる」

「そりゃー、走ってきたから。喉渇いちゃって……」

「それにしても、一番近い駅の入り口に谷さんがいたのに、どうやってバレずにここに来れたの？だから私、もしかしたら汐見君谷さんに捕まって、ここに来るのが遅くなるんじゃないかって思ってたの」

「ああ、だから俺が来たとき、衣奈驚いてたんだ。なんでこんなに驚いてんのかなって不思議に思ってたんだよね」

あはは、と彼が声を出して笑った。

「いや、笑い事では……。私、すっごく不安だったんだから。もし、谷さんが予想外の行動をしたら、とか……」

ムッとしたら、すぐにごめんと謝られた。

「そうだね。その可能性もあるもんな。先日駅で待ち伏せてる谷さんにばったり遭遇して以来、先に出た同僚に確認してもらうようにしてるんだ。で、今日は彼女がいたって連絡もらったもんで、別の入り口から駅に入ったの」

「あ、だったら私、谷さんを見つけたときに汐見君に連絡すればよかったね。その方が早く知れたのに」

「いや、それは全然問題ない。衣奈が谷さんに見つかるとそれはそれで俺の心臓がもたないので」

でも、谷さんの待ち伏せは今日だけじゃないってことだよね？

彼女は汐見君に何を求めているのだろうか。

「あのさあ……谷さんって、待ち伏せして汐見君に何をしてほしいの？」

「前会った時は偶然を装って食事に誘われた。でも、あの場所で偶然ってある？　周り官公庁だよ？　近くに住んでいるわけでもないし……ちなみに彼女、都内在住じゃなくて隣県在住なんだよ。だから、わざわざ俺に会うためだけに都内に来てあそこで待ってるってわけ。それだけでもじゅうぶんおかしいでしょう」

「え。隣県からわざわざあそこまで⁉　すごくない……」

「元気だよね～」

汐見君は笑っているけれど、いや、そこじゃない……と突っ込みを入れたかった。

隣県からわざわざ会いにくるほど、汐見君が好きってことなのでは。

それを考えただけで、愛の重さにゾッとした。

「谷さんって、結構手強《てごわ》いかも……」

「かもね。でも、なんとかして諦めてもらえるよう頑張るよ」

こっちは本気で彼のことを心配しているのに。

——頑張るって……一体どうするつもりなんだろう……

見た感じ、汐見君から不安感とか、悲壮感は漂ってこない。

なにか策があるのか、それとも本当に気にしていないのか。その辺りはわからないけど、汐見君が明るく振る舞ってくれるから、少し気持ちが落ち着いた。

「それよりも映画だ。ぼちぼち上映時間だから、行こうか」

汐見君が席を立つ。

「あ、うん。そうだね」

彼が自分の飲んだアイスコーヒーのグラスと、私が飲んでいたブレンドのカップを持って返却口に行った。

ナチュラルにこういうことができる彼が、やっぱり素敵だしかっこいい。

「じゃあ、行こう」

戻ってきた汐見君の手に自分の手を重ねて、指を絡め合った。

とりあえず今は谷さんのことを考えず、映画デートを楽しもう。

そう思いながら、カフェを出てシネコンに向かったのだった。

数日後、汐見君からメッセージが送られてきた。

そこには、谷さんと松代君が同席する話し合いの場を設けたという文言と、場所と日時が記されていた。

【衣奈は俺たちよりも先に来てね。席は、俺たちの後ろを押さえておいたから。衝立で谷さんや松代からは見えないから安心して】

——なるほど。準備バッチリね。

メッセージを閉じ、スマホをキッチンのカウンターに置いた。

ちなみに今は汐見君のリクエストでもあるコロッケを作ろうと、刻んだタマネギを挽肉《ひきにく》と一緒に炒《いた》めているところである。と言っても、今夜汐見君と会う予定はない。後日汐見君が来たときのために、今炒めているものは冷凍保存しておき、蒸《ふ》かしたジャガイモと混ぜてコロッケを作る予定である。

それにしても、話し合いの場をセッティングできたのはいいとして。その一度の話し合いで谷さんは納得してくれるのだろうか。

——表向き納得だけしても、結局汐見君を諦めきれなくてまた同じようなことをする、というパターンもあるしね？

話し合いをした意味がなにもない……みたいなのが一番最悪だ。それが片付かないと、私と汐見君はいつまで経っても先に進めない。

もちろん汐見君もそれを承知しているし、なんとかして彼女を納得させたいと思ってはいるはず。でも、どうするのだろう。なにか有効な手立てでもあるのかな。

頭のいい汐見君なら何か考えがあるんだろうけど、どうも根っからの心配性である私はそう簡単に安心できない。

——あれ。もしかして汐見君は、私のそういう性格を見抜いた上で、同席？　するのを許してくれたのかな……？

だとしたら気を遣ってもらって本当にすみません。

申し訳ない気持ちと、ありがとう、という気持ちを込めながら、明日うまくいきますようにと心の中で願った。


翌日の土曜の昼前。

事前に汐見君から話し合いの場所と時間を聞いていた私は、早めに準備を済ませて待ち合わせ場所となっている和食処に向かった。

——私は同席するわけじゃないけど、やっぱりちょっと気が重いな……

側で話を聞くというのも、なんだかいけないことをしているような気になってきて、本当に行っていいのかなと悩んで足を止めたりしているうちに、店に到着してしまった。

そこはオフィス街から少し離れた場所のビルの一階。白い壁には筆で書かれた店名の看板が掲げられている。

汐見君の職場からも近いこの和食処は、どうやら彼が職場の人達と何度か行っている店らしく、込み入った事情を話しやすいという理由から決めたらしい。

カラカラカラと引き戸を開けると、すぐ近くにいた女性スタッフが気付いてくれた。

私がお店のスタッフさんに汐見君の名前を出したら、にっこり微笑まれた。

「伺っております。日沖様でよろしいですか？」

「はい」

頷くと、どうぞこちらへ。と店の中へ案内される。

店内はどの席も衝立で仕切られていて、他の客の目が気にならない造りになっていた。

——なるほど……。だから汐見君はここを選んだのかな？

きょろきょろと周りを眺めながら歩いていると、四人掛けのテーブルの後ろにある二人掛けのテーブル席に通された。

「汐見さんから事前によくよく事情をお伺いしております。お客様のところでは声を潜める、もしくは筆談で対応いたしますね？」

「ありがとうございます！　助かります」

ふふふ、と和風のユニフォームを身に付けた女性のスタッフがメニューを置いて一旦去って行く。

あの表情だけで見ると、ちょっと楽しんでいるような感じにも受け取れる。それとも、こういう状況、過去に何度か経験があったりして。

――汐見さんからよくよく事情を……だなんて、どんなふうに伝えたんだろう。

でも、協力してくれるのはとってもありがたい。

感謝しながら席に座り、一品料理をいくつか注文した。お酒と一緒に食べたら美味しいだろうけど、ここはグッと堪えてジンジャエールをお願いする。

先にジンジャエールが運ばれてきたので、それを飲んで小さく息を吐き出した。

――それにしても……なんでこんなことになっちゃったんだか……

改めて今の状況に頭が垂れる。

モテる彼氏を持つとこういうことが起こりがちなのかなあ……などと目の前の壁を見つめていると、店の入り口の方から人が入ってくる音が聞こえてきた。後ろの席からガタガタと椅子の動く音と、人の気配がする。

まだ誰が来たのかわからないけれど、緊張で体が固くなる。

「汐見君まだみたいだね」

聞き慣れた声に、ドキンと心臓が跳ねた。間違いなく谷さんの声だ。

「そうだな。それにしても、なんで俺も呼ばれたんだろう。お前、汐見に勉強見てもらってるんだよな?」

この声は松代君だ。

学習塾でアルバイトをしているときに一緒だった松代君の声は、昔と変わりない。

懐かしいなあと思いつつ、話に耳を傾ける。

「う……うん、そう、だけど……」

「……なんか歯切れ悪いな。まさか谷お前、汐見になんかしたんじゃないだろうな」

「え。し……してない……」

松代君に嘘をつく谷さんに、思わず苦笑いしてしまう。

——さすがに本当のことは言えないか……

思わず肩越しに後ろを見てしまった。と言っても衝立があるので、何も見えないんだけど。

「じゃあなんで今日俺も呼ばれたんだよ……」

はあ……と松代君がため息をつく。彼は、確か今でも学習塾の講師をしていると汐見君が言ってた気がする。

──松代君は、生徒さんからも兄貴みたいに慕われてたっけ。優しくて話しやすいんだよね。学生時代のことを思い出してしみじみしていたら、少し焦ったような谷さんの声が聞こえてきた。

「ねえ……汐見君って、怒ったりしないよね？　あの人優しいもんね、大丈夫だよね？」

「……は？　なに、お前汐見が怒るようなことしたのかよ」

怪訝《けげん》そうな汐見君の声に、谷さんの声がさらに小さくなる。

「怒って……はいないと思うんだけど……。だって、汐見君が会ってくれないから……だから私、悪くないと思うの……仕方なかっただけだもん……」

谷さんがぼそぼそと早口で喋る。それを聞かされている松代君は、多分今混乱しているのだと思う。「は？　は？」を連呼しているから。

「ちょっと待てよ。……谷、お前汐見になにかしたのか」

「し……してない!!　勉強見てもらって、そのあとは……会っても、汐見君忙しいからって誘いに乗ってくれなかったし……電話したけど出てもらえなくて……」

なぜかこのあと、数秒の間が空いた。

「いや、出てくれないって、それはなにかあったから出ないんじゃないのか。……その汐見が、今日わざわざ俺たちをここに呼び出した。それって……なにか理由があってのことだよな？　お前、本当はなんで呼び出されたか分かってるんじゃないのか」

「……」

谷さんは黙っているようだ。

しばらくすると、松代君の大きなため息が聞こえてきた。

「わかってんだな。……おい、勘弁しろよ……。お前が司法試験受けたいから、現役の検事でもある汐見に話を聞きたい、どうしても会わせてくれってせがむから、汐見に話通してやったんだぜ!?」

「……だって、そうでもしないと汐見君に会う口実が……ないから……」

消え入りそうな谷さんの声に被せるように、松代君が「はあ?」と声を荒らげる。

「なんだそれ。お前まさか……本当は司法試験受けるつもりなんかないんじゃないのか。ないのに、汐見に会いたいってだけで俺や汐見に試験受けるって嘘ついたのか」

数秒の間が空き、谷さんの声が聞こえてきた。

「……試験は、受け……ようと思ってるけど……でも、勉強すればするほど私には無理だってわかってきたっていうか……」

「無理い!? そんなの、俺だって最初から難しい、そう簡単じゃないって何度も言っただろ? 無理だってわかってるならなんで汐見に会おうとしてんだ。必要ないだろうが」

「……それは、そうだけど……でも……久しぶりに会ったら、やっぱり汐見君、かっこいいし……」

「かっこいい、だあああ⁉　なんだそれ、当初の目的と全然かけ離れてるじゃねえか。ただかっこいいから会いたい、ってだけで忙しい汐見にわざわざ時間割いてもらって会おうとしてんのか、お前」

もごもごと谷さんが口を開けば、すかさず松代君がそれに突っ込む。そんな流れが続き、陰で聞いている私は困惑することしかできなかった。

――谷さんと松代君の関係って、こんな感じなんだ……

塾講師をしていたときはどうだったっけ。谷さんと松代君って仲が良かったっけ。

昔のことを思い出していると、谷さんの返事を待たずに松代君が口を開く。

「……で、結局のところ汐見がなんで俺たちを呼んだのか、そこんとこお前はわかってるんだろ？　なんなんだよ、怒らないから言ってみろよ」

「……ほ、本当に怒らない？　絶対？」

声だけだけど、呆れているような松代君に、縋るような谷さんの声。

私も内容が気になるので、自然と耳を澄ませていた。

「怒らないから。で、なに」

「し……汐見君の職場の近くで、汐見君を待ち伏せしたりしてたから、怒ったんだと思う……多分」

「…………は？　待ち伏せ？　お前が？」

返事は、聞こえてこない。多分頷くかなにかしたのだろう。数秒間が空いてから、松代君の「おい……！」という困惑と驚きが同居する叫びが聞こえてきた。

「なにしてんだよ……!!　そんなのストーカーじゃねえか!!」

「ちっ、違う!!　ストーカーしてるつもりはないよ!!　そうじゃなくて、私はただ……汐見君に会って、話がしたかっただけなの！　でも、汐見君全然会ってくれないし電話も出てくれないから……だから……」

「なにを話したいのかはわかんねえけど、汐見に迷惑をかけるようなことはやめてくれよ！　お前、俺のメンツ潰すつもりかよ」

「そんなつもりない……!!　けど、どうしても、私……」

この先が一番肝心なところ。聞き逃すまいと衝立に耳を近づけていたら、なぜか谷さんの声が聞こえてこない。

――なんでっ。続きは？　早く……

そわそわしていた私の耳に、聞き慣れたイケボが入ってきた。

「待たせてごめん。ここに来る途中で知人から電話がきちゃって」

汐見君の声だ。

一人で緊張している私の後ろで、なにが起きているのだろうか。会話の途中だったけど、谷さんが続きを話す気配もない。

「ああ、汐見。いや、大して待ってないから」

「谷さんも。先日はどうも。来てもらったのに申し訳なかったね」

「う、ううん……私こそ、急におしかけてごめんなさい……」

小さい声で汐見君に謝罪する谷さんの声が聞こえてきた。それにすかさず、松代君が割り込んでくる。

「その件だけど。汐見、本当に申し訳ない。今、谷から聞いた」

「ああ……うん。でもその前に注文しようか」

多分今、三人はメニューを覗き込んでいるのだと思う。どれにする、これにする、という会話のあと汐見君が店員さんを呼び、注文を済ませた。三人ともいろいろなものがセットになった御前を選んだようだった。

「……さて。じゃあ、本題に入ろうか？」

汐見君がこう言ったあと、誰が口を開くのか。じっと待っていると、松代君の声が聞こえてきた。

「すまん、汐見。俺が谷に連絡してやってくれなんて頼んだからこんなことに……」

「ちょ、ちょっと待ってよ！　だから、私はストーカーなんかしてるつもりないから‼　じゃなくて……汐見君が電話にも出てくれないし、職場の近くで待っていても話す時間をくれないから、仕方なく……」

松代君にもの申すように、谷さんの慌てた声が聞こえてきた。

「電話に出なかったのは申し訳ない。職場の前で待たれても、こちらにも予定があるのでね。で、話ってなに？　今、この場所で話してくれないかな」

淡々とした汐見君の声。声だけ聞いていると、彼は全く動揺も困惑もしていないようだ。

「それは……」

谷さんがこう言ったあと、少々間が空いた。

——やっぱり言いにくいことなんじゃないかな。ましてや、汐見君以外の人もいるのに……ある意味谷さんにとって酷な状況なのでは、と思っていると、意を決したように谷さんが口を開いた。

「じゃあ、言います。私、大学のときから汐見君のことが好きでした！」

——はっきり言った……

「そうなんだ、それはありがとう」

「……っ、汐見君、大学のときは日沖さんのことが好きだったでしょう？　でもそのあと別れたって聞いて……それで最近、松代君に会ったときに汐見君がまだ独身で、今検事やっててこっちに戻ってきたって聞いたの。だから、もしかしたらチャンスがあるんじゃないかって……それで、司法試験受けるから相談に乗ってほしいって言えば、会ってくれるかなって思って……」

「まあね、試験を本気で受けたいなら相談には乗るけど。でも、谷さんからはあまり本気を感じなかった。だから申し訳ないけど、もう相談に乗る意味はないかなと思ったんだよ」

淡々としつつ、どこか怒りのような感情もこもった汐見君に、場がシーンと静まり返った。

——あああ、なんか……空気が怖い……

私が一人でおどおどしていたら、注文したおつまみが運ばれてきた。枝豆やカマンベールチーズのフライ、お新香《しんこ》の盛り合わせ。

ありがとうございます、とお礼を言ってからハッとする。お新香は食べるときに音がするではないか。

そのことに気付き、失敗した……と項垂《うなだ》れていると、後ろからまた谷さんの声が聞こえてきた。

「ごめんなさい!!　申し訳ないことをしてるって思ってはいたの。でも……どうしても好きな気持ちを止められなくて。だけど、汐見君には日沖さんがいるって知ってるし、もう望みはないことはわかってた。だから最後にちゃんと告白して、はっきり振ってもらいたくて……それで、汐見君の職場の近くで待ち伏せてたの。だから、決してストーカーというわけじゃない……そこだけはわかってほしい……」

最後の方は消え入りそうな小さな声だった。

彼女の本心がわかって、後ろにいる私が妙に納得してしまった。

——なるほどね……自分の気持ちにケリをつけるために、汐見君に会いたかったと。

「なんだ、そういうことかよ……。だったらメッセージでもなんでも送ってさっさとケリつければよかったんじゃねえの？」

さっきに比べたら少しホッとしたような松代君の声。それに、谷さんが「だって」と返した。

「最初に何度か電話したら、汐見君私のこと着信拒否にしたからできなかった……」

「うん。だってしつこいから」

ケロッと話す汐見君のドライさがすごい。

「普通そこまでされたら望みなんかないってわかるでしょう。待ち伏せだって金と時間を費やしてまであんなところに来るなんて馬鹿げてる。俺は衣奈のことしか好きになれない。俺、君が最初に待ち伏せしてたときにそのことは伝えたよね」

「う、うん、それは聞いたけど……」

「成就しないとわかっている無意味な感情は捨てるべきだ。君の時間は有限なんだし、俺のことなんか好きになってもなんの得にもならないよ」

ざくざくと刺さる正論が汐見君の口から飛び出す。

「や、汐見……。気持ちはわかるけど、もうちょっと優しく……」

この状況にたまらず松代君が口を挟む。

「迷惑を被っているのはこっちなのに、優しくするなんて無理だな。谷さんの行動で衣奈にも不安を与えてしまったので。これでもだいぶ抑えているんだけどね」

——えっ。そ……そうなの？

私の名前を出されたことにも驚いたけど、あれで感情を抑えているのかと、素直に驚いた。

「ご……ごめんなさい……」

「もうわかったよね。今度うちの職場前で待ち伏せなんかしたら通報するんで。よく覚えておいて」

容赦ない汐見君に場が凍り付いている。見えないけど空気でわかる。

——汐見君、こわ……

「本当に申し訳ありませんでした……」

「汐見、俺も申し訳なかった。そもそも谷とお前を会わせなければよかった」

「え、なんで。松代は悪くないだろ。お前のそういう面倒見のいいところ、嫌いじゃないよ」

やっと汐見君の声が柔らかくなった。

状況がよくなったみたいで、衝立の後ろにいる私も気持ちが落ち着いてくる。

「谷さんはさ、俺みたいな衣奈一筋の男じゃなくて、もっと面倒見のいい松代みたいな男を捜せばいいと思うんだよ。君にはそういう男の方が合ってる」

「おいちょっと、なに言って……」

松代君が笑いながら突っ込もうとしたそのときだった。

「うん……私もそう思う」

「え」

同意する谷さんに、松代君が驚きの声を上げた。

「確かにそう思う……。今回のことも、松代君がすごく親身になって相談に乗ってくれて、いい人だなって思った……」

「え。なに、マジ？　谷、俺のこと好きになっちゃったとか？」

「う……そ、それは、まだ……。でも、この先はわかんない……」

突然場の空気が全く違う方向に変わり始めた。

この展開は予測してなくて、思わず枝豆を食べている手を止めて聞き入ってしまう。

「はは。いいんじゃない。松代、今彼女いないもんな？」

「いないけどさ……いや、待って、俺、まさかこんなことになるとは思ってなかったから……」

谷さんは何も答えない。松代君も黙ってしまい、後ろの席での会話が聞こえなくなってしまった。

ここでタイミング良く注文した料理が運ばれてきて、「お待たせいたしました」という店員さんの声と食器の音が聞こえてくる。

「じゃ、話は済んだことだし。食べようか？」

明るい汐見君の声が聞こえてきて、それに対して「そ、そうだな」と同意する松代君の声が聞こえたあと、食事タイムになった。

とりあえず、谷さんが泣き出すとかそういったことにならなくてよかった。

ホッとすると同時に私もお腹が空いてきて、注文してあったおつまみを食べながら一気に半分くらいビールを呷ったのだった。

――それにしても、汐見君って好意のない女性に対してはあんなにドライなのか……

私と一緒にいるときとの差がすごくて、正直びっくりした。でも、それだけ私を特別に思ってくれているのだとわかって、どこか嬉しかった。

……谷さんには申し訳ないけれど。

――もう大事な話は済んだみたいだし、私、ずっとここにいなくてもいいんじゃないかな。

私が出て行く必要もなくなったしなあ……と考えながら、汐見君に【大丈夫そうだし、私帰るよ】とメッセージを送った。

するとと、後ろの席で「ちょっとごめん」と汐見君の声が聞こえた。多分、メッセージを確認しているのだろう。

お手洗いに行ってから帰ろうかな、なんて思っていたら、私のスマホにメッセージ受信のお知らせが。

すぐに確認したら汐見君だった。

【十分だけ時間くれないかな。外で落ち合おう】

――え。十分って……汐見君、今さっきご飯食べ始めたところじゃなかったっけ。そんなにすぐ食べ終わる？

しかも後ろでは、いい感じに話が盛り上がっているようだった。そういえばあいつ元気？　とか、汐見君と松代君がお互いの仕事の現状について話している。残念ながら谷さんの声はほとんど聞こえてこないけれど。

まあでも、彼がそう言うなら。と思い、まずはお手洗いに行った。それから汐見君達のいるテーブルの横を通らないようにぐるりと回って別のルートで店のレジ前に移動する。

会計を済ませて外に出て、まず汐見君に【外で適当に時間潰してるから】とメッセージを送った。そこから駅に向かって歩き、通り沿いにあったショップで服を見たり雑貨を見たりして時間を潰す。そうこうしているうちに時間は経過し、スマホがメッセージを受信してブルッと震えた。

【店出てきた。どこにいる？】

――えっ。本当にもう出てきたの⁉

早すぎでは、と思いながらも居場所を伝えた。店の前で待っていると、食事をしていた店の方向から汐見君が走ってくるのが見えて、存在を知らせるために小さく手を振った。

よく考えたら今日は土曜の昼間。汐見君も休日なので、スーツではなく私服だ。インナーは白いシャツで、上にダークグレーのジャケットを羽織り、下はネイビーブルーのデニム姿。顔とスタイルがいいので、どんな格好でも似合うのが羨ましい。

「ごめん、待たせちゃって」

軽く息を乱しながら汐見君が謝ってくる。それにううん、と首を横に振った。

「全然。ショッピングに夢中になりかけてたから、時間なんか気にならなかったよ。でも、本当に大丈夫なの？　料理が来てからあんまり時間経ってなかったのに……二人に悪いことしちゃったんじゃ……」

もしかしたらものすごいスピードで食べ終えて、飛び出してきてくれたのだろうか。

だとしたら、松代君や谷さんも驚いたのではないだろうか。驚くだけならまだしも、不快にさせていたら申し訳ない。

私の方が不安になっていると、それを吹き飛ばすように汐見君が微笑んだ。

「大丈夫だよ。食事はたいして量もなかったから、すぐ食べ終わった。それに、俺の話はもう終わったから、あとはあの二人だけにしてやったほうがいいだろ？　谷さんも、俺がいると気まずそうで、表情がずっと硬かったからね」

「そうなの？」

「仕事で緊張している人や、萎縮している人なんかいくらでも見てきたから。わかるよ」

「……」

無言で汐見君を見上げていたら、あれ？　という顔をされる。

「話聞いてたでしょう？　谷さんはもう俺のことなんかより、松代を気にしてる。松代はどうか知らないけど、俺と一緒にいたって気まずいだけだろう」

「……本当にそうなの？　谷さん、汐見君じゃなくて松代君のことを、って……」

「そこら辺は歩きながら話すよ。とりあえず俺の部屋に行こう」

「わかった……」

手っ取り早くタクシーで行こうと提案され、タクシー乗り場に向かって歩き出す。

「谷さんは……確かに最初は俺のことが気になってたみたいなんだけど。でも、それって多分、過去に好きだった男が今どうなってるかが気になっていただけ、なんじゃないかと思ってる。俺が勝手にそう思っただけだけど」

並んで歩きながら、汐見君が自分なりの考えを話してくれた。

聞きながら考えたけど、それはそれでわかる。確かに過去に好きだった人が今どうしているかって、話題に出たら私も知りたいと思うし。でも、それが谷さんに当てはまるかというと、どうだろう。

「うーん……わかる気はするけど、私が遭遇したときの谷さんはやっぱり汐見君を見てたし、好きなんじゃないかなって気がしたよ」

「へえ……衣奈、そういうところも見てたんだね」

「そりゃまあ。好きな人が絡んでいることなんだから、どうしたって気になるよ」

一緒にいるときに汐見君の方ばっかり見ていられたらね……さすがに気付く。

「根拠がないってわけじゃない。谷さんは俺といるとき、しきりに松代の名前を出してたんだ。彼にはいつも世話になってる、頼りにしてる、いい人だよね……って」

「そうだったんだ……」

汐見君が無言で頷く。

「松代の名前を口にするときの谷さんは、決まって嬉しそうだったし。そのときになんとなくピンときたんだ」

「……谷さんが、本当は汐見君じゃなくて松代君のことが好きだって？」

隣にいる汐見君を見上げたら、彼がちらっとこっちに視線を寄越して、微笑んだ。

「好きと断定はできなかったけど、この人もしかして自分の気持ちに気がついてないだけで、本当は松代のことを大事に思ってるんじゃないかなと。数年ぶりに会った俺なんかじゃなく、学生時代からずっと連絡取り合ってたらしいからね、あの二人」

「そうなんだ。ずっとって……それなりに仲良くないとそんなに連絡って取り合わないよね。少なくとも私はそんな男友達、いないから」

これに汐見君が、ふっ、と優しく微笑んだ。

「松代はどうかわかんないけどな。あいつ恋愛に関しては少し鈍いところあるから。でも、最初に谷さんと会ってくれって頼み込んできたとき、谷はいいやつだからとか随分彼女のことを買ってたところをみると、もしかしたら……てところかな」

でも、どうなるかはわからない。あとは大人の二人にお任せだ。

そう言って、汐見君が笑った。

その笑顔を見たらなんだかホッとしてしまい、自分から彼の腕に自分の腕を絡めた。

「ん？　どうしたの」

「なんでもない……。ていうか、谷さんと直接対決みたいになって、私と谷さんが汐見君を取り合ったりとかもあるのかなって思ってたから、ちょっと気が抜けた……」

汐見君の腕に頭を乗せたら、彼が空いている方の手でねぎらうように私の手にタッチした。

「さすがに衣奈にそんなことをさせるわけにはいかないから、それはないよ。そうなる前にどうにかする。……でも、俺の為に衣奈がっていうのは、正直嬉しいけど」

「嬉しいんかい……」

「当たり前でしょ。衣奈が俺の為にしてくれることはなんだって嬉しいよ。俺、衣奈が絡むとそこら辺の善悪がつかなくなる」

「検事なのに。だめじゃん……」

「はは」

傍から見たらいちゃつくバカップルだなあ、などと思いながら。

タクシー乗り場に到着した私達は、停まっていたタクシーに乗り込み彼の部屋に向かったのだった。


マンションの前でタクシーを降り、彼の部屋に直行した。

てっきり谷さん絡みで他に話があるのかな、と思い込んでいたのだが、玄関先でいきなり汐見君に抱きしめられて面食らった。

「え、なに？　どうしたの!?」

慌てる私に、彼はとても落ち着いた声でこう言った。

「どうもしない。早く衣奈を抱きたかっただけ」

――え。そうだったの!?

「……そ、それならそうと言ってくれれば……。私、てっきりまだ谷さんの話があるのかと」

「彼女の話はもうない。連絡先も消去したから」

そうなんだ……と玄関の壁を見つめていたら、抱きしめられたままズルズルと彼が歩き出す。

え？　え？　と思っている間に寝室に到着していて、彼はキスをしながら私をベッドに座らせた。

「し……おみ、くん……」

「……衣奈の不安要素、全部取《と》り除《のぞ》けたかな。これで俺との結婚を真剣に考えてくれる……？」

顔を大きな手で挟まれながら、会話が終わるとまた唇を塞がれる。

「っ、話ができないっ……てば。……ちゃんと考えて、る……からっ……」

「本当に？　嬉しい」

何度も何度もキスをした汐見君が、私をベッドにそっと倒す。そのまま私を組み敷き、綺麗なアーモンドアイで見下ろしてくる。

「衣奈はまだいいって言ってたけど、やっぱり早く一緒に住もうよ。俺、もう衣奈と離れていたくないんだ。いつも一緒にいたい」

彼の言葉が私の胸に刺さる。

そんなの私だって一緒だよ、と胸がいっぱいになった。

「うん……」

「考えてくれる？」

言いながら、彼が私の首筋に吸い付いてくる。耳の下辺りにざらついた舌の感触が走り、腰が震えた。

「わかった、考える……」

「よかった。じゃあ、とりあえず今からは俺のことだけ考えてて」

汐見君の手が服の中に入ってきた。ブラジャーごと乳房を掴まれ、指でぐにゃぐにゃと揉みしだかれる。

「っン、あ……っ」

長い指が乳房の中心を掠めた。それにビクッと体を揺らしたら、汐見君が顔を上げた。

「敏感」

言われた瞬間、顔に熱が集まってきた。

「や……だって、触るから……」

「ここ、気持ちいいの？」

ブラジャーの上から中心に的を絞り、そこだけを指でぐりぐりとなぞられる。弄られるたびにびりびりとした甘い痺れが全身を駆けていく。それが心地いい。

「あ……ン、き、もち……いいっ……」

体を捩《よじ》りながら、快感に悶《もだ》える。そんな私を、汐見君は嬉しそうに眺めていた。

「衣奈をもっと気持ちよくさせたい」

汐見君が私の服の裾を掴み、一気に頭から引き抜いた。残ったブラジャーのホックを手際よく外すと、それもあっさり腕から抜き取った。

「……はぁ……好き。好きすぎる……俺、なんでこんなに衣奈が好きなんだろう……」

彼の目の前にまろび出た乳房に顔を寄せ、両手で感触を確かめるように触れてくる。

「そんなの、私に聞かれてもわかんない……」

「だよね……」

チュッ、チュッ、と音を立てながら乳首を吸われる。吸って、舌を這わせて、舌先で転がすように愛撫される。

「ん……っ、あ……っ……、あ……」

片方を愛撫したらもう片方もと、交互に愛撫が続く。まだ胸を弄られているだけなのに、私だけすっかり息が上がり、体の火照りが止まない。

「はあっ……、や……」

「……衣奈、ここすごく固くなってきた。可愛い」

指の腹でくりくりと乳首を転がされ、んん、と体を捩った。

「もうっ……そこばっかり……」

「そうだね。ごめん。こっち、寂しかった？」

言いながら汐見君の指が脚の付け根に触れてくる。触れられた瞬間ビクン、と体を揺らしたら、それを見てクスッと笑われた。

「びっくりしてる」

「っ……だって、急に触るから……」

身に付けていたワイドパンツのウエストから彼の手が入ってきた。ショーツの中に差し込まれた彼の指が、割れ目をなぞりながら敏感な蕾に触れた。

「んっ、あ」

ビリッと電流のような快感が全身を駆け巡る。

「……これ、もう脱いじゃおうか。脱がすね」

私の了承を得る前に、パンツとショーツが一緒に脚から抜き取られた。急に私だけ生まれたままの姿になってしまい、なんとなく胸元を両手で覆った。

汐見君もまず上半身から服を脱ぎ、デニムも脱ぎ捨てた。ボクサーパンツだけになって、またベッドに戻ってくる。

「衣奈」

頬に手を添えられて、彼の唇と自分のそれが重なった。舌を絡め合いながら夢中でキスをしていると、いつの間にか彼の指が私の中にいることに気付く。

「ン……っ、ン……！」

膣壁を優しく擦りながら前後に動かし、時折別の指で繁《しげ》みの奥にある蕾を弄られる。

強い快感の応酬にキスに集中などできない。意識は下半身の方へ行ったきりだ。

「……っ、衣奈、すご……溢れてくるけど……」

唇を離した汐見君が、驚いたように呟く。

彼に驚かれてしまうほどの私の状態に、なんていっていいかわからない。ただただ、恥ずかしかった。

――死にそう……

腕で顔を隠していたら、なぜかその手を汐見君に掴まれてしまう。

「こら、なんで顔隠すの」

「だって、は、恥ずかしいから……」

恥ずかしい、という単語を口にしたら、なぜか汐見君がキョトンとする。

「いや……恥ずかしいもなにも、俺、衣奈の体の隅々までしっかり見てるんだけど。ていうか、体の中に入ってもいるのに」

なにを言ってるの？　と言わんばかりの汐見君に言葉が出ない。

——は、入ってるって……そうだけど！　改めて言われるとちょっと……

「し、汐見君……」

「ね？　だから恥ずかしいことなんかなにもないんだよ。衣奈は、感じててくれればそれでいいんだから」

言い終えてにこっと微笑んだ汐見君が、一旦私の中から指を引き抜いた。すると今度は、私の膝を掴んで脚を開き、その中心に体を割り込ませる。

「舐めるね」

宣言してから、彼が蜜口の周囲と蕾の辺り一帯を舐め始めた。

「えっ……あ、あっ……!!　やっ、だめそれっ……」

最初の一舐めでもう腰が跳ねてしまい、それからは必死で耐えた。

指で弄られるのとはまた違う。ざらっとした舌での愛撫は、快感が何層にもなって私に襲いかかってくるみたいだった。

「あ……ン、ン……っ、は……っあ、あん……」

何度も体をビクつかせながら、愛撫によって休みなく送られてくる快感に悶えた。蕾に焦点を絞って嬲られると、思考能力が奪われて何も考えられなくなる。

「……あ、だめ……！　も……イきそう……っ」

少しずつ集まって大きくなった快感が膨らみ、もうそろそろ達しそうというとき。

「ん。イきそう？　じゃあ、あと少し」

私の言葉を合図に、彼の愛撫が激しさを増す。舌だけでなく指も使い、私の絶頂を後押ししてきた。

「あ……っ、あ、だめ、あ、いく、いくっ……ン――――っ!!」

彼の愛撫であっけなく達してしまう。脱力して天井を眺めながら呼吸を整えていると、カサッという音が聞こえてきて、反射的に上体を起こした。

私の足下辺りで汐見君が避妊具を装着しているのが目に入る。見てはいけないと思いつつ目を逸らそうとしたけれど、下腹に触れそうなほど勃起した彼の屹立に、ごくんと喉が鳴った。

――何度見ても、その大きさに圧倒されちゃう。

彼とのセックスはもう何度か経験しているのに、まだ見慣れない。それだけ彼のものが大きいということなんだろうけど。

初めて彼とセックスをしたときも、その大きさにおののいた。

処女だった私は、こんなのが本当に私の中に入るのかと、不安になりながらコトに及んだっけ。

――そういえば、あのときも汐見君は優しかったな……

明らかに怖がり、不安になっている私に何度も声をかけながら、彼は私が痛くないようにとすごく気を遣ってくれた。

『大丈夫？　痛かったら言って？　途中でも止めるから』

『衣奈、平気？　辛くない？　辛かったら止めるよ？』

今思うと、あんなに私に気を遣ってばかりいたのでは、汐見君は全然気持ちよくなかったんじゃないかな。

それを思い返すと、彼の優しさに感謝したくなった。

一度は振った私のことをまた好きだと言ってくれたり、ずっと好きでいてくれたことにも。

私は本当に、彼の優しさに救われている。

「ん？　なに？」

避妊具の装着を終えベッドに戻って来た汐見君を見つめていたら、視線に彼が気付いた。

「ううん……。そういえば、初めてのときも汐見君、優しくしてくれたなって思い出してたの」

「ええ？　そんなの当たり前だろ。好きな女の子が痛い思いするなんて、可哀想だし。……でも、しないと衣奈と一つになれないから、そこはなんつーか、もどかしいというか……だけど、やっぱりしたいし」

もにょもにょ言いながら、汐見君が屹立を私に宛《あて》がう。

「それは私も……汐見君としたい……から、気にしなくていいのに……ん……」

話の途中だけど、彼が私の中に入ってきた。

汐見君が「はあ……」と息を吐きながら、屹立をグッと奥に押し込んできた。

「衣奈の中、いつもだけど本当に気持ちいい……」

「わ、たしも、気持ちいいよ……」

体を寄せてきた彼にしがみつき、お腹の奥にいることを実感する。

ぎゅっと強く抱きしめ合いながら、何度もキスをした。キスを終えてから汐見君が腰を動かし始め、奥を穿ってくる。

「……っ、は……っ、あ、あ、あんっ、あっ……！」

きっと彼は、私がどこを穿たれると気持ちいいかを知っている。

だから屹立が当たるところが全て気持ちよくて、自然と声が出てしまう。

腰を打ち付ける感覚が徐々に狭まってきて、汐見君の表情にも余裕がなくなってきた。

「っ……え、なっ……、好きだ……」

額に汗を掻《か》きながら、愛を囁いてくれる汐見君にキュンとする。

こんなタイミングだけど、彼のことが愛おしくて、好きすぎてたまらなくなった。

「響、好きっ」

多分、初めて彼の名前を呼んだ。

そのせいだろうか、汐見君が腰の動きを止め、驚いたように私を見つめてくる。それと同時に、私の中にいる彼の質量が増した。

「な……なんでこのタイミングで名前呼ぶかな……嬉しいけど」

「だ、だって、なんか我慢できなくなっちゃって……汐見君、ずっと私のこと名前で呼んでくれてるし、私もって思って……」

話している途中で汐見君……改め響が、私を強く抱きしめてくる。

「せっかく我慢してたのに、もう我慢できない」

え？　と訊き返そうとしたら、響きが急に腰を激しく打ち付けてきて、そんな余裕がなくなってしまう。

「ああっ、あ……ン、や、あ……っ、ン、あ……！」

「衣奈……っ、衣奈……っ、好きだ、もう絶対に離さないっ……!!」

体を寄せてきた響が、私の耳の横で声を絞り出す。その言葉に込められた彼の強い意思に、愛されていることを激しく実感しながら、彼とほぼ同時に達した。

二人でハアハア呼吸を乱していると、まず響が体を起こした。

屹立を抜き、避妊具の処理を済ませ隣に戻ると、私を引き寄せ抱きしめた。

「俺……衣奈に対してはだいぶ愛が重くてごめんね……引かないでね……」

心底申し分けなさそうな響の声に、思わずふっ、と笑いがこみ上げてきた。

「引かないって～！」

「本当に……？　あまりにも酷《ひど》かったら治すから、言ってくれ……」

ぎゅううと私を抱きしめながらこんなことを言う響が可愛すぎて、強く抱きしめ返した。

「大丈夫だって。なにをやったらいけないとか、そういうことはちゃんとわかってるんだし？

ねえ、検事さん？」

「はい……もちろんです……」

谷さんへの対応と全く違い、私の前では威厳も自信もなにもない響が、大好きだ。

第七章　響と私

あれから数週間が経過した。

私は測量会社からかなみとご両親が経営する喫茶店に無事転職し、毎日忙しく過ごしている。

「衣奈、これ三番テーブルにお願い」

「はーい」

淹れ立てのコーヒーと店で焼いているチーズケーキのセットをトレイに載せ、かなみに言われた三番テーブルまで運ぶ。

「お待たせいたしました、本日のブレンドとチーズケーキです」

音を立てないよう静かにテーブルに置くと、新聞を読んでいた高齢の女性が、私を見てにっこり微笑んでくる。

「新人さん、どう？　お仕事慣れてきた？」

「あ、はい。少しずつですけど、なんとか慣れてきました」

「そう、なによりだわ。新しい人が入ってくれたからかなみちゃんやマスターも助かるわよねえ？」

高齢の女性が、カウンター内にいるかなみとマスターに声をかけた。それに反応し、マスターが女性を見て、静かに頷く。

「ええ、本当に。衣奈さんは仕事覚えも早くて助かってます」

「そうだよね。衣奈、サービス業は初めてって言うけど、全然そんな感じしなかったよー」

かなみも会話に入ってきた。普段あまり人に褒められることがないので、こんなふうに言ってもらえるとなんだかこそばゆい。

「そう言ってもらえるのは嬉しいけど、私も必死なのよ～。帰ってから言われたこととか全部メモして何度も見返してるもの」

「そうなんだ！　素晴らしいね」

かなみがぱちぱちと手を叩く。

今はこの高齢女性と、超常連のおじさまがカウンターにいるだけという穏やかな時間だからこそ、こんな会話ができている。ついさっきまでモーニングタイムで、トーストとコーヒーが次から次へと飛ぶように出ていくので、軽くパニックになりながら対応していたところだ。

――モーニングタイムの忙しさは、最初の頃に比べたらだいぶ慣れたけど、それでもまだ直面すると慌てちゃうのよね……

早く慣れなきゃ、と思いながらキッチンに戻り、軽く洗ったグラスを食洗機に入れていく。

すると、かなみがすすすと近づいてきて、私に小声で話しかけてくる。

「で、引っ越しは無事終わったの？」

「ん？　うん。先週末に残っていた荷物を全て運び終えて、退去したよ。だから今は新居から通ってる」

「そっかー。新居からだとうちにも近いんだっけね？　よかったね」

かなみの微笑みに釣られて、私まで顔が緩む。

「うん。ほんと、ありがたいよ。彼が引っ越しもすごく頑張ってくれたし……感謝しないと」

愛されてるねえ、と肩をポンポンされる。

本当に、引っ越すことを決断してからの響の行動力には、驚かされっぱなしだった。

響が今住んでいるお義兄さん所有の物件に住むことになると、彼はまずその物件をお義兄さんと交渉して自分のものにした。

金銭のやりとりもあったようだけど、実際いくら支払ったのかは頑として教えてくれなかった。

——聞くのが怖い……絶対私じゃローン組むのすら躊躇するような金額だよ……

部屋が彼のものになると、今度は私のアパートに来て一緒に荷造りをしてくれた。不要品は処分、または買い取り業者に引き取ってもらい、あっという間に私の部屋にあったものは最低限必要なものだけになった。

それ以外にも、二人でゆったり眠れるようにベッドを大きい物に買い替えたり、部屋のカーテンなども新しくしたりと、はっきりいっていつ休んでるの？　とこっちが心配になるくらい、引っ越し作業に注力してくれた。

ただでさえ平日はこのところ忙しくて毎日帰りも遅いというのに。

無理させて申し訳ないと思いつつも、彼の優しさに甘えっぱなしなのだ。

「あ、そうだ。この前衣奈が休みの日に汐見さん来たよ。職場の同僚さんと数人で来てくれて、コーヒーとチョコレートケーキ食べていった」

その話は私も彼から聞いた。

彼には私が働いているときは来ないでと頼んであるのだが、どうやら気を遣っていないときに来てくれたらしい。

なんで働いているときはダメなのかというと、ただ単にまだ仕事に慣れてないので、働く姿を見せるのが恥ずかしいからだ。

「うん、彼から聞いた。チョコレートケーキ、すごく美味しいって言ってたよ。コーヒーに合うって」

「ほんとー？　よかったあ。職場の方々もすごく気さくでいい感じの人達だったから、これを機にまた来てもらえると嬉しいな」

「そうだね。彼に言っとくよ」

私も早く、彼に働いている姿を見られても恥ずかしい、と思えなくなるようにならなければ。

そんなことを思いながら、作業に勤《いそ》しんだ。


仕事を終えてマンションに帰る。

今まで住んでいた部屋とあまりにも規模やら広さが違いすぎて、最初はエントランスから中に入っていくだけなのに緊張した。それは最近ましになったけど、何度見てもこのマンションが豪華だなあと思うのは今も変わらない。

——慣れなきゃ、慣れなきゃ……

買い物袋を手に提げながら、部屋のドアを開けた。

響はこのところ仕事が忙しく、遅い時間に帰宅することが増えた。そういう響を見ると心配になっていろいろ聞きたくなるけれど、彼の職種の場合、その日にあったことを細かく話すこともできない。

そういう場合はなるべく彼のストレスを減らすべく、穏やかに明るく過ごすように努めている。

少しでも私の存在で彼を癒やすことができればいいな。なんて。

さすがに恥ずかしくて本人には言えないけど。

帰宅してから買ってきた食材を冷蔵庫に入れて、今晩の献立を考える。

料理は基本的に私が担当している。しかし意外にも、響も週末には常備菜作りを手伝ってくれて、何種類かの料理を手際よく作ってくれた。そういった面でも彼の万能ぶりに驚かされている。

——本当になんでもできるんだもんね。すごいよ全く……

今日はスーパーで卵が安かったので、オムライスに決めた。卵は彼が帰宅してから焼くので、予めチキンライスと添えるサラダとスープを作っておく。

大体の準備を終えてソファーで寛《くつろ》いでいると、響が帰宅した。思っていたよりも早かったので、急いで玄関に向かう。

「お帰りなさい。はやかっ……」

たね。と言い終える前に響が私に覆い被さってきた。

「ただいま。やっぱり帰ってきて衣奈がいるっていいな。最高」

「また言ってるし……。もう何度目よ、それ」

私がこの部屋に越してきてからというもの、彼は仕事から帰宅するたびにこれだ。

最初は私も照れたし嬉しかったけど、毎回やられると笑えてくるようになった。

クスクス笑いながら寝室へ向かう。

彼からジャケットを受け取り、ハンガーにかける。そのとき、響がなにかを思い出したようにそうだ、と呟いた。

「さっき松代から連絡がきて、谷さんと付き合うことにしたって」

「へっ。そうなの?」

私が驚いていると、響は予想通りだと言わんばかりに微笑んでいた。

「なんとなくだけどこうなるんじゃないかなって思ってたんだ。うまくいってよかったんじゃないか」

ネクタイを外し、シャツを脱ぎTシャツに着替えた響がうんうんと納得している。

「そうなんだ……。谷さんは松代君に好意を抱いているようだったけど、松代君はどうだったんだろう。もしかして谷さんに押し切られてとか……じゃないよね」

余計なお世話だけど勝手に想像してしまう。でも、こんな私の考えを、響が笑い飛ばす。

「谷ならやりそうだけど。でも、松代は本当に面倒見がいいっていうか。谷みたいなタイプの女性だと、ほっとけないって思ったんじゃないか」

「なるほど……」

響の考えに納得した。

谷さんは響に対してあんなことをしてしまったから、私の中で印象があまり良くなかった。でも、パッと見た感じは普通に可愛い女性だし、そんな人に甘えられたり頼られたりしたら、男性は嬉しいと思う。

「谷には、松代みたいな男の方が合ってる。俺が衣奈じゃなきゃダメみたいにね」

ふっ、と笑った響が、私が手にしていたシャツを静かに奪う。

「衣奈、もう夕飯食べたの？」

「ん？　ううん、まだ。響がもっと遅くなるんじゃないかって思ってたから」

「今日はうまく仕事が片付いたんだ。毎日こんな感じだといいんだけどね」

キッチンに移動し、卵を焼いてそこにチキンライスを載せ、裏返しにしたお皿をそこに当ててひっくり返す。軽くキッチンペーパーで形を整えたらケチャップをかけ、オムライスのできあがりだ。

「よっしゃ、できた」

サラダとスープは響が用意してくれたので、ダイニングテーブルに並べて夕食タイムとなる。

いただきまーす、と手を合わせて早速スプーンでオムライスをいただく。

「ん。美味しい。卵もいいね、中がとろっとしてる」

すぐに響が美味しいと言ってくれて、自然と顔がにやける。

「ありがと。うまくいってよかった。……あ、今日かなみに響がチョコレートケーキ美味しいって言ってたって伝えておいたよ。喜んでた」

「そっか。うちの同僚もあの店気に入ったって言ってたよ。コーヒーの味が違うって言ってた」

「あー、マスターのコーヒー美味しいもんね。さすがにあれはそう簡単に習得できないよ」

私も見よう見まねでコーヒーを淹れてみたけど、やっぱりマスターが淹れるコーヒーとじゃ全然味が違う。かなみに言わせると、一年くらい修行しないとあのレベルの味を出すのは無理らしい。

「一年かあ……ていうか一年でできるかな。もっとかかりそうな気がする。って、そんな暢気《のんき》なこと言ってたらまた響が転勤とかになっちゃうかもしれないし……」

何気なく呟いたことに対し、彼が反応して顔を上げた。

「ん？　転勤？　あ、なに。もしかして衣奈、俺が転勤になったらついてきてくれるつもりだった？」

「そりゃそうでしょ。まだ正式になったわけじゃないけど、一年後には多分……夫婦になってると思うし」

もう結婚することは決めていて、今は入籍をいつにするか、結婚式はどうするかという話をしているところなのだ。一年後は間違いなく、私と響は正式に夫婦になっているはずだ。

予想できる今後の話をしただけなのに、なぜか響の顔が蕩《とろ》けている。

「そっか……夫婦になってるんだもんな、俺たち……。そうだよなあ……。あ、でも、衣奈が今の仕事辞めたくなかったらいいよ、衣奈はここに残ってくれても」

「えっ！　それは……だめでしょ、響が寂しい思いをするだろうし」

「いや」

私が即座に否定したら、それをまた否定される。

「俺が検察を辞めればいいんじゃない？」

「……え？」

いきなり落とされた爆弾発言に、オムライスを食べる手が止まった。

「ほ……本気で言ってる？」

「本気。俺、そこまで検察にこだわるわけじゃないから。仕事できればなんでもいいし。それよりも、衣奈と離れたくない。ずっと一緒にいたい」

「えっ……!!　ちょっと、待って……!!」

せっかく検察官の妻になると思って、転勤についていく覚悟もしていたのに。

この人ってどうして、こんなに私が好きなのだろう。

「気持ちは嬉しいけど!!　私が仕事を辞めてついていく方がいいと思うんだけど。一応とりあえずしばらくは正社員じゃなく、パートでお願いしますってかなみにも話してあるし」

「あ、そうなの？　じゃあ、お言葉に甘えちゃおうかな。でも、いざとなったら俺、衣奈のために仕事なんか辞められるから。そのことだけは覚えておいてね」

にこりと微笑む響に、こっちは苦笑してしまった。

――まったくもう……。せっかくの検察官の地位も、この人にはそれほど重要なことではないのかな。

なによりも私を優先してくれる未来の夫に、心の中でありがとうを言った。そしてこれからもどうぞよろしくと、改めてお願いした私なのだった。

あとがき

今回のヒーローは検事です。頭脳明晰で将来を有望視されるようなヒーローなのに、ヒロインが絡むと途端に弱くなり、なんとか彼女との縁を繋ごうと必死で縋る。そこらへんが私の中でツボでした。仕事では理性で物事をしっかり判断できるのにヒロインには理性が利かないというのが人間味を感じるところかなと。対するヒロインはというと、こっちはこっちで周りに気を遣いすぎるというのが欠点で、自分の気持ちよりも相手のことや、周囲にどう思われるかに重きを置いてしまいがちな女性です。こうやって文章にしてしまうとなかなかやっかいな二人ですね。あの居酒屋で再会しなかったらどうなっていたでしょう……とふと思いましたが、ヒーローがその気になればどんな手を使ってでもヒロインを見つけ出しそうだと思いました。そう思うとヒーロー怖いですね（笑）彼に好かれた時点でこうなる未来は決まっていたのかもしれません。

この本が発売になる十月でルネッタブックス様が四周年を迎えるそうです。おめでとうございます！　私も創刊第二弾で書かせていただいて以来今作で六冊目となりました。早いものです。

実は今作を書いているとき数年ぶりの喘息になってしまいまして。咳のしすぎでお腹が痛くて布団の上で転げ回ったりしたくらい、久しぶりに咳が止まらなくてなにもできない日々が続きました。子どもの頃から喘息持ちだったので、小学生とか中学生のときは喘息の発作が出ると学校を一週間くらい休んでいました。あの頃に比べると今は良い薬がたくさん出てていいですね。そのお陰もあって寝込むのは数日だったんですけど、なんせ若くないので体力がなかなか戻らなくて。自宅の階段の上り下りでハアハアしてました。これからまた季節の変わり目を迎えたりするので、私と同じように喘息持ちの方は気をつけましょうね……

今作もたくさんの方にお世話になりました。版元の担当者様、編集担当様、装丁デザイナー様。そして表紙イラストを描いてくださったなま先生。なま先生にはとても素敵なイラストを描いていただきました。二人が美しいです……。皆様本当にありがとうございました。

最後にいつも読んでくださる皆様へ。いつもありがとうございます。来年の一月で商業デビューして九周年になります。遙か先だと思っていた十周年がすぐそこまで迫ってきました。体調に気をつけながら頑張りますので、どこかでまたお会いできれば嬉しいです。では〜

加地　アヤメ

ルネッタ🄛ブックス

モトカレ検事は諦めない
再会したら前より愛されちゃってます

2024年10月25日　第１刷発行　定価はカバーに表示してあります

著　者　加地アヤメ　©AYAME KAJI 2024
発行人　鈴木幸辰
発行所　株式会社ハーパーコリンズ・ジャパン
東京都千代田区大手町 1-5-1
04-2951-2000（注文）
0570-008091　（読者サービス係）

印刷・製本　中央精版印刷株式会社

Printed in Japan ©K.K.HarperCollins Japan 2024
ISBN978-4-596-71571-5

乱丁・落丁の本が万一ございましたら、購入された書店名を明記のうえ、小社読者サービス係宛にお送りください。送料小社負担にてお取り替えいたします。但し、古書店で購入したものについてはお取り替えできません。なお、文書、デザイン等も含めた本書の一部あるいは全部を無断で複写複製することは禁じられています。

※この作品はフィクションであり、実在の人物・団体・事件等とは関係ありません。